國王遊戲

王様ゲーム 滅亡6.11

金澤伸明
NOBUAKI KANAZAWA

滅亡
6.11

國王遊戲〈滅亡6.11〉

國王遊戲 滅亡6.11 ◆目次◆

【政府內部聯絡文書】

警戒層級1——沒有發生任何事件的狀態。

警戒層級2——發生事件，預測有可能危及生命的狀況。

警戒層級3——發生事件，預測有可能大範圍危及生命的狀況。必須劃定、公布有必要提升警戒之地區，並進行避難之準備（因應狀況來判斷警戒地區的範圍）。

警戒層級4——預測有可能在日本國內造成重大損害，甚至是國家等級的危害時，必須將暴露在危險之中的人留置在國內，與他人隔離。

警戒層級5——預測有可能導致人類滅亡的狀況。

2010年6月11日午夜0點2分。

日本政府決定將【警戒層級】提升至第4級。這表示日本已經陷入了面臨重大損害，甚至是國家等級的危機之中。

序章

6/11 [FRI] AM 00:02

【6月11日（星期五）午夜0點2分】

頭腦所分析的理則，和內心所萌生的感情，兩者常常無法劃上等號。

幾分鐘前還活生生的人，才剛拯救的生命，卻一一被無情地奪走。當然，有些人自己放棄了生命，但是，大多數的人，都還是希望能夠生存下來。

這就是這3天以來，住在日本的高中生們所遭遇到的殘酷考驗。

——我究竟是為什麼要活下來呢？

智久的臉龐上，滿布著淚痕。

真希望這時候有人能夠安慰我。過去，在內心悲戚時，總是有好朋友和自己所愛的人，幫我加油打氣。

可是，現在卻……

智久按下修一手機的電話號碼——沒有人接聽。於是，他又打給友香。同樣的，沒有人接聽。不管打給誰，都沒有人接聽……

這個時刻，日本國內的行動電話通訊網絡已經完全麻痺、喪失作用。但是，不知道這件事的智久，卻因此喪失了冷靜的心。

——友香目前生死不明，難以聯絡是可想而知的。但是，修一為什麼不肯接我的電話呢？

智久無法揮去腦中的那一股不安的焦慮感。

「……難道，修一被人殺死了？還是受到懲罰了？」

在此同時，他感受到一股無與倫比的孤獨感。

在他眼前，倒臥著前不久還在跟他說話、曾經一起努力奮戰的幸村遺骸，以及駭人的血跡。

不管在如何困苦的狀況下，他都相信最後必定能獲得勝利。可是這樣的幸村，卻再也不會睜開眼睛了。

對現在的智久來說，他最需要的，是即使在糞坑中匍匐前進，也能夠保持臉上笑容的強韌體力與意志力。不，應該說，就算是在遍地死屍的荒野上，也要有能擺出笑容、四處奔走的力量。

智久抬起憔悴的臉，望著天空。他把手按在自己的胸口，自言自語說道：

「金澤伸明，你究竟是在什麼樣的心境下，通過國王遊戲的考驗呢？可以告訴我嗎——你不是失去了女朋友、好朋友，還有全班同學嗎？就憑你一個人……喂！喂！喂！告訴我！你的內心不是還隱藏著一股意念嗎……你還活在我的體內對吧！快點跟我說話啊！」

靜謐的黑夜中，聽不見風的呼嘯，也聽不見蟲的鳴叫，只有智久的吶喊聲迴盪著。

往旁邊一看，發現了一個土堆，在小土丘的頂端，插著一根木棍，筆直地刺向天空。

是宮澤的墳墓嗎？

一定是幸村做的吧。

於是，智久把幸村的遺體埋葬在小土丘旁邊，也在上面插了一根木棍，然後，離開了寄進會醫院。

——修一和友香……我一定會帶大家回來這裡的。

沒錯。過去金澤伸明也有相同的經驗。

雖然沒有遺體或遺骨，但是，金澤伸明在海岸邊，用海沙堆起了全班31位同學的墳墓。然後……他發誓一定會再回來。

同一時刻，首相官邸的危機管理中心，剛打完電話下達指示的廣瀨，對他身邊正在整理資料的杉山說：

「接下來，要讓日本國內20歲以上的人繼續遷移。不、除了高中生以外的所有國民，都要盡可能離開日本國土——把滯留在國內的人縮減到最少，並且要自衛隊在近海海域待命。」

杉山訝異地歪著頭望著廣瀨，廣瀨繼續說道：

「這麼做，會讓之後的行動更加方便——行動電話的通訊網一旦恢復運作，就立刻和渡邊修一取得聯繫，要他到首相官邸來。」

「那個孩子？為什麼要找他來？」

「透過他，以他為代表，就能和其他高中生繼續溝通。還有，要將他視為有功勞的人，給他特別待遇——至少在我還能管事的時候要這麼做。」

那些還不算是成年人的國王遊戲當事人，也就是那群高中生，需要的是同一世代的領袖人物，這是廣瀨打的如意算盤。只有年齡相近的人，才會湧現親和力。

更重要的是，「把在國王遊戲中有所發現和突破的人物視為有功勞的人，給予特別待遇」這件事，是向全國高中生發布的一種宣示。

——雖然不想承認……但是，光靠我們的力量是絕對不夠的。假如，打出能夠成為國民英雄這項誘因，那些高中生說不定就會拼了命地去調查國王遊戲的真相。把那些情報的點，連結成一條線的話……

可是，目前廣瀨還不打算公布未傳送簡訊的文字與內容。

廣瀨向杉山大吼道：

「你還搞不懂嗎！現在說不定是最好的機會啊——這道命令……我為什麼要下這樣的命令，你好好想清楚吧。」

「請您稍安勿躁……我明白了！叫金澤伸明這個名字的男學生，日本國內目前共計92名。包括過去被捲入國王遊戲的那個金澤伸明在內，就是93名。這件事情……要由渡邊修一來宣布嗎？」

「嗯嗯——就這次的命令看來，『國王』似乎把金澤伸明視為極大的威脅，我想，這樣推論應該沒錯吧。」

——曾經兩度捲入國王遊戲中的那個「金澤伸明」，現在人究竟在哪裡？是否還活著呢……？

接下來的24小時，全日本都將陷入一場獵殺的風暴當中。

第1章

命令4

6/11 [FRI] AM 00:02

【6月11日（星期五）午夜0點2分】

【6／11星期五00：02　寄件者：國王　主旨：國王遊戲　本文：這是住在日本的所有高中生一起進行的國王遊戲。國王的命令絕對要在24小時內達成。※不允許中途棄權。＊命令4：殺了金澤伸明。※殺死金澤伸明的人，就能從國王遊戲得到解放。ＥＮＤ】

東京都港區的六本木新城住宅大廈正門入口前，設置著大型的電視螢幕，許多高中生群聚在那裡，數量大概有超過一千人吧。

當螢幕上映照出這段文字時，一位距離螢幕大約30公尺、蹲坐在地上的少年，睜開眼睛看著電視畫面。

他用顫抖的手按住自己的嘴巴，小聲地喃喃自語道：

「殺了金澤伸明，這……」

少年的眼神中帶著恐懼。坐在他身旁的另一位男高中生慌張地用手拍了拍少年的大腿，轉過頭來看著少年。

——趁現在快逃吧！不然會被殺死的。

朋友的眼神，如此警告著他。

「我去上個廁所。」

少年故作鎮定地站起身來，這麼自言自語著。可是，雖然他想要保持鎮定，手腳卻不聽使喚，臉色也變得鐵青。不管是誰看了，都覺得他大有問題。

當他剛站起來，想要往前跨出一步時，突然有人從身後把他推倒。

那股力量非常強，少年猛然向前撲倒，隨即有人跨坐在他背上，把他牢牢壓制在地，還把他的頭按在地上。接著，又伸手繞過他的脖子，把他的上半身給強拉起來——就這麼勒緊少年的頸部。

「為了我，你就認命吧——伸明。」

勒住他脖子的是金澤伸明的同學，叫做田邊。

「住……住手，田邊。」

金澤伸明張大嘴，好像要說什麼，雙腳在地上不斷地掙扎踢動，雙手則想要往上抓住田邊的肩膀。

「我要殺了你！」

這時，從田邊的背後傳來別的男生叫嚷的聲音。跨坐在金澤伸明背上的田邊，隨即被人一腳踹開。

「住手！田邊和伸明都是籃球隊的吧！他是每天跟你一起練球的阿伸啊！我們昨天還一起跟女生對抗呢！你還從女生的手中救出伸明，不是嗎！」

田邊對同學的勸誡充耳不聞，彷彿聽不見似的。

「只要殺了這傢伙，我就能得救啦！不要阻止我！」

田邊的吼叫聲，傳遍了這個街區。

——我救過你一條命。這一次，就當作是為了救我，讓我殺了你吧。

他一面大喊，一面和阻止他的同學們扭打起來，惹得周圍其他高中的學生都轉頭朝這裡看。

「怎麼回事？」

「打架嗎？」

在金澤伸明周圍，漸漸地，有越來越多高中生開始聚集。圍在外面的人越聚越多，形成一道又一道的人牆。

「那傢伙好像叫金澤伸明耶！」

某位看到爭執爆發的學生這樣叫道。這簡單的一句話，馬上引起周圍的人一陣瘋狂。

就像是一塊滴著鮮血的肉塊，突然被扔進了一條滿是食人魚的河裡一樣。包圍在四周的高中生們，一口氣全部往金澤伸明的方向湧了上去。

「閃開！我來動手！」

「想得美！」

「沒想到，金澤伸明就在我們身邊呢！」

被好幾個高中生按住身體的金澤伸明，不禁流下淚來。

「為什麼……是我呢？」

他一邊這麼說道，一邊拿出最後一點力氣，從制服的口袋裡抽出學生手冊，一把扔向空中。

金澤伸明有生以來，第一次這麼憎恨自己的名字，這麼憎恨給自己取名字的父母。

——這個名字，不要也罷。

扔掉學生手冊的動作，充滿了他心中的怨恨。

當那本薄薄的學生手冊從空中落下、掉落到群聚的學生們腳邊時，金澤伸明的頸骨也折斷了。

金澤伸明口中冒出白沫，眼神逐漸喪失了力氣，臉上也沒了血色，再也動彈不得。

可是，學生們對金澤伸明的暴行與凌辱，卻沒有停止的跡象。

有些高中生用力地折斷金澤伸明遺體的手臂或腿骨，好像要證明自己才是真正殺死了金澤伸明的人一樣。

另外還有學生利用槓桿原理，把手肘和膝蓋的關節朝不正常的方向拗彎，彎曲的力道超過極限的同時，傳來了「啪嘰」的悶響。

接下來，金澤伸明的遺體被人啃咬、踩踏。因為身體被踢動的關係，他的頭髮搖晃著，手臂則不自主地抽動著。

包圍金澤伸明遺體的學生們，一波又一波地衝上來，不停地想給他的身體製造多一點的傷害。有些人只是趕忙衝上來踢一腳，在旁人看來，甚至會覺得這種舉動可笑不堪。

制服已經被撕裂，他的手臂和雙腿已經鬆動到快要和身體分家了。

「他已經死啦！你們還不快住手！」

愣然站在一旁的好友，突然清醒過來，這樣斥喝道。他一面噙著眼淚大喊著，一面揮舞著拳頭衝進人群裡。

可是，他根本不是這麼多人的對手，就這麼被人牆猛然推了回來。

「是我殺了他！」

有個男高中生高高地舉起自己的手。

「不對！是我！是我殺了他！」

一個穿著水手服的可愛女高中生這樣向周圍的人宣示，自己剛才殺了人。自己承認自己是殺人凶手，這樣真的好嗎？

突然，一位身高超過180公分的壯碩高中生，高舉雙臂穿過人群，向前猛衝，快速接近金澤伸明的遺體。

他高舉在頭頂上的雙臂，拿著一塊巨大的水泥塊。

「你——你想做什麼……」

下一瞬間，高中生將這重達10公斤的水泥塊，狠狠地砸向金澤伸明的頭部。水泥塊的一角，直接命中金澤伸明的右眼，發出「叩咚」的巨響。金澤伸明的右眼噴出了鮮血。

那名高中生又第二次、第三次高舉水泥塊，朝屍體的頭部一再地猛砸。那壯碩的高中生，眼睛睜大到不能再大，嘴巴則是冒出一連串高亢刺耳的笑聲。

金澤伸明在死前朝空中扔去的那本學生手冊，已經被無數隻腳踩踏過，變得破破爛爛。原本貼在學生手冊上的照片，也已經被磨蹭到斑駁不堪，難以辨識原本的面貌了。

【6月11日（星期五）凌晨2點3分】

位於北海道函館市，標高334公尺的函館山山頂的瞭望台，可以一覽無遺地鳥瞰全市美景。一對身穿著制服的情侶，手牽著手，汗流浹背地沿著小徑爬上山頂。

抵達山頂的兩人，雖然面對著平日素有「百萬美金夜景」之名的景色，但是在電力供應中斷的情況下，眼前只有零星的自家用發電機所提供的燈光，在黑暗的市區裡閃耀著。

女學生看了一眼手機螢幕，轉過身去，小聲地對男學生說話，她的聲音中帶著顫抖。

「我、我好害怕——你的名字……是金澤伸明對吧？」

明明是一對戀人，但是女生的口吻卻異常疏遠。她當然知道她的男朋友叫什麼名字，即使如此，她還是開口這樣問道。

為什麼女生要特地確認他的名字呢？——男生很快就猜出來了。

——其實，她內心想要說的是……我想要殺了你。可是……卻又不好直接說出口。所以，才會問我的名字。她希望我主動說出「妳可以殺了我沒關係」這句話，對吧？

男生把學生證拿到女生面前，女生卻把眼神從學生證上移開。

「我真是個差勁的女孩子。居然問你這個問題……想要套你的話……」

男生無言地把背部轉向女生。他心裡想著，要是兩人開口交談、看到彼此的臉，對方恐怕就下不了手了吧。

「你不要一直保持沉默嘛。」

但是男生還是什麼話都不說。她只能看著自己男朋友的背，束手無策。

她好想緊緊地從身後抱住男朋友，貼在他的背上，可是，經過短暫的思索，她躊躇了。

女生抓著男生的肩膀，把他重新轉過來，面對著自己。

「這樣做的話，就不會看到對方的臉了……不會看到臉了……」

兩人緊緊地相擁在一起，臉頰貼著臉頰。

雖然看不見臉了，可是──臉卻緊緊地貼著。

男生摸了摸抱住他的女生手臂，不自覺地開口了，這是他爬上山頂之後說的第一句話。

「……皮膚變得好粗糙啊，心理壓力的確對皮膚不好呢。」

「都這個時候了，你還擔心我的皮膚？」

男生把女生給推了開來，逕自走向瞭望台的柵欄邊，然後攀爬上去，站在上面。

「我不知道全日本有幾個人叫金澤伸明……不過，數量應該不多，妳就殺了我，讓自己得到解放吧。畢竟，讓女朋友得到幸福，是男生該做的事。」

接下來的一個小時，兩人都沒再交談，一直佇立在原地。

在這段期間，電力逐漸恢復供應了，市區又慢慢出現了光亮。就好像天上的銀河流洩到地面一般。

男生小聲地說道：

「好漂亮啊。」

「就是啊。」

「一個小時了……妳一定很煩惱吧。只要妳殺了我，就再也不必感受到威脅了。我和妳會變成這樣，都是因為命運。打從我們開始交往的那一刻起——我就答應要守護妳。能夠拯救妳的生命，是我最大的榮耀。

我再說一次，已經過一個小時了，不必再煩惱了。在妳的心裡，從看到這次的命令那一刻起，早就已經下了決定，直到現在也不曾改變，對吧？

我以前用手推過妳的背，現在，輪到妳動手推我了。」

「你……真的很瞭解我呢。」

女生走向柵欄，雙手用力地在男朋友背部推了一下。

他的身體像是被黑暗吸引似的，就這麼墜落消失了。

【6月11日（星期五）凌晨3點5分】

修一和百合香搭乘著自衛隊的大型直升機，從廣島出發，正一路飛往位於東京永田町的首相官邸。

當初，修一執拗地說：「我得去找我朋友的女朋友，所以我不去。」怎麼也不肯去東京。聽到他這麼說，廣瀨官房長官則是開出條件曉以大義：「只要你肯來首相官邸，政府就會全力幫你找到那位女孩子。」

修一自從發現友香被海平帶走之後，接下來的3個小時，都一直在搜尋友香，但是卻一無所獲。

修一想了想，最後提出了兩個條件。

「我有個好朋友叫智久，我希望他也能夠到首相官邸去——還有……一旦找到友香……屆時，她恐怕早已受到很大的打擊，沒辦法開口說話了，你一定要找全日本、不，全世界最好的精神科醫生，來為她治療。」

『我知道了。』

廣瀨毫不猶豫地答應了。這時，修一像是突然想起什麼似的，如此問道：

「啊、廣瀨先生，你查出未傳送簡訊裡的文字是什麼意思了嗎？」

『我現在正在拼命調查當中，謝謝你。』

電話那一頭的廣瀨，大概是不希望修一臨時變卦，所以用字遣詞特別慎重。

「拜託你——我從來沒離開過家鄉，現在突然要我跑到東京去，而且還是去首相官邸，照理說，我應該和智久、友香一起去才對……啊、對了，我到那裡之後，可不可以打首相一頓啊？」

『修一同學……你還沒有看新聞是嗎？』

修一什麼都不知道。

日本各地，所有的高中生都睜大了眼睛在搜捕金澤伸明，而現在的智久，已經出借自己的身體，讓金澤伸明寄宿在體內了……

不、這件事除了智久自己，沒有其他人知道。因為宮澤和幸村都已經死了，除非智久自己開口說，否則，沒有人會知道他跟金澤伸明有所關聯。

現在智久的體內，正在逐步產生抗體。一旦抗體完成，智久就會死去……知道這件事的人，現在只剩下智久自己了。

在黯淡的星空下，修一在廣島的海田市基地轉搭上自衛隊的高速直升機，他的身旁刮起一陣陣黑色的風。

在修一聽來，風聲就像是死神的腳步聲一樣可怕。

修一和百合香搭上自衛隊的直升機之後，立刻從海田市基地起飛。在此同時，遙遠的東京六本木新城住宅大廈房間裡，螢面對著勇氣為她準備的粉紅色筆記型電腦，專注地敲打著鍵盤。

她臉上的表情相當緊繃，嘴角因為憤怒而扭曲。

「那個死阿宅，居然設下了密碼！開什麼玩笑！」

【請輸入密碼】這段文字一再地出現在螢幕上，讓螢怨恨的臉龐難掩醜態。

這台筆電已經設定好了，只要打錯密碼，就會迸出一顆紅色的愛心。

「噁心、噁心……實在太噁心了！——早知道不該殺他的！那個死阿宅，到底會用什麼樣的密碼呢！我一定要想出來才行！」

一個年輕人，應該想不出什麼複雜的密碼才對。只是，對於不擅表達內心情感的他來說，這個密碼蘊含了他對螢的愛意，這個密碼，一定是為了給螢製造驚喜才設定的……

畢竟，他萬萬沒想到，自己會死在螢的手上。

——我想多跟妳聊聊天，然後，跟妳心靈交會。妳會成為這個世界的「女王」，而我，甘心當妳身後的影子。只要能讓妳高興，我什麼都願意做。這個世界如果只剩下螢和我兩個人，變成我們兩人的世界——這個世界就會得到永遠的公平了。

東京的天空開始泛白，新的一天開始了。朝陽終於完全露出臉，整個天空都被染上了水藍色。

從廣島起飛的陸上自衛隊直升機〈AH－1眼鏡蛇〉，正在岐阜的某個航空自衛隊基地裡補給油料。

眼鏡蛇的續航距離只有500公里，不可能中途毫無停歇地從廣島直飛東京，所以必須在岐阜的航空自衛隊基地暫時降落，補給油料之後再起飛直奔首相官邸。

從直升機下來的修一，拿出手機，在跑道的末端走著。他看著手機螢幕，感到躊躇，好不容易才下定決心，打電話給智久。

在手機響著等待鈴聲的期間，耳朵可以聽到手機那特有的機械式響聲。雖然修一主動打電話給智久，但是他心裡卻期盼著智久不要接電話。

因為，他很怕智久跟他問起友香的下落——

其實，就算不能接通電話，只要傳個簡訊給對方，一樣能把修一的心情傳達給智久。所以修一想到，等一下再打不通，就改用簡訊吧，智久一定會看到的。

可是，就在第二次撥號時，智久接起了電話。修一內心的焦慮頓時升高，吞吞吐吐說不出話來。

「……你、你還好吧？」

『我還活著，修一。你知道我有多擔心嗎，因為如果照命令去殺人的話，就會受到懲罰了。』

「你覺得我是那種人嗎？——你現在在哪裡？我因為種種原因，要到東京的首相官邸去一趟。我希望智久也能去首相官邸，只要你說個地點，直升機馬上就會去接你。」

『直升機？首相官邸？這是怎麼回事，你怎麼……』

「唉，一言難盡啦。我有很多話想跟你說，可是，還是見面再談吧！拜拜。」

對話才到一半，修一就打算單方面掛掉電話，智久慌忙地出聲制止。

『友香的狀況怎麼樣？』

「……還是沒變啊——啊、直升機的螺旋槳在啪啪作響了，待會見。」

掛掉電話之後，修一用自己的右拳在臉頰上賞了自己一拳。然後回到從廣島駕駛直升機載他來的自衛隊員跟前，跪了下來。

「要我當大官腳底下的狗奴才也沒關係，可是，你們一定要……一定要找到今村友香。在沒有找到她之前，我實在沒有臉見智久。一直這樣隱瞞下去……也不是辦法啊……」

修一不知道該不該把友香遭遇到的事情全盤托出告訴智久，內心猶豫了好一陣子之後——他選擇矇混過去。

即使到了這個節骨眼，修一還是很怕搞壞他跟智久的友情——雖然他現在這種隱瞞的作為，就像在傷口上灑鹽一樣，毫無幫助，但是，現在的他也只能這麼做了。

假如智久知道友香被海平給帶走了，會有什麼反應？假如智久發現，修一在這件事情上，一直說謊騙他，又會有什麼反應？

一旦說了第一個謊言，為了隱瞞這個謊言，就得編造出更多新的謊言。

昨天發生慘劇的反田高中音樂教室裡，修一遇見了海平，之後他就跟海平一起調查死去的學生手機裡有什麼未傳送簡訊，以及簡訊裡留下了什麼字。

〈修一，這個女生已經死了吧。可是，她看起來卻一臉幸福的樣子。你一定要用這樣的角度來看事情——因為我們還要繼續努力下去，修一！你是很重要的幫手啊！〉

海平一面搜索屍體的衣服口袋，拿出行動電話，一面這樣對修一說道。他的眼眶不斷地落下大顆大顆的淚珠。

修一雖然一開始並不信任海平，但是，海平在這片血海之中，和那些相同年紀的高中生屍體搏鬥，把死者的雙手放在胸前，讓他們瞑目，並且祈求死者能得到安息，看到這樣的海平，修一逐漸改變了心意——

——我居然會相信那個傢伙，真是瞎了眼睛。現在冷靜回想，海平的個性捉摸不定，早就應該對他提高警覺才是。

〈這個女孩是我的了。〉

海平在地上留下這樣的字跡之後，就把友香帶走了。

無數令人厭惡的想像，在腦海中不斷地迴盪。修一用驚人的力道猛烈捶打著地面。

——要是友香被殺死的話——不、就算她沒有死，恐怕——

他想起那副女孩般細瘦的身體，以及絕配的白晰肌膚和又大又濕潤的眼眸。在那眼眸深處，卻隱藏著足以將這個世界燒成灰燼的邪惡之火。

修一抓了抓頭髮。

「居然敢騙我！我一定要宰了你！」

站在他眼前的自衛隊員，看著咬緊牙關的修一猛力捶打地面，臉上難掩驚愕的神情。

雖然修一急著掛電話，讓人有些擔心，不過智久還是把手機收進口袋裡。太陽則是從包圍的叢山峻嶺間，露出臉來。

智久現在正陷入迷惘之中。

金澤伸明現在應該寄宿在他的體內，照這次的命令看來，只要有人殺了智久，說不定就能夠因此獲救。這件事，應該跟修一說嗎？

——只要殺了我，你就能從國王遊戲中獲得解放。

智久用力地搖搖頭。

這是足以影響今後命運的事，不該在電話裡說，一定要當面講清楚才行。智久很快就想通了。既然是最要好的朋友，就應該把話攤開來說清楚。

「仔細想想，要我拯救日本，實在是一件離譜到極點的事。我真正想要保護的，是修一和友香——我只是想幫助自己的好朋友而已啊。」

【6月11日（星期五）上午11點29分】

一陣狂風之中，修一和百合香下了直升機。直升機在飛行途中曾降落過一次，進行油料補給，最後一共花了7個小時，才抵達東京・永田町的首相官邸頂樓的直升機停機坪。

前方的入口處，有個大約40來歲、穿著筆挺西裝的男人，朝他們走了過來。

男人揮手要他們靠近。那個人嘴角露出淺淺的笑容，但是眼神卻認真無比。

「初次見面，修一和百合香同學，我是危機管理中心的廣瀨。感謝你們在這個時候趕來——因為時間有限，我們馬上進入正題吧。我想，杉山已經把稿子拿給你們了吧……希望你們能夠照著稿子發表聲明。」

修一直視著廣瀨的眼睛，回答道：

「是，我已經聽他說了。至於友香和智久，就拜託您了。」

「智久預定在下午3點左右，就會抵達首相官邸了。」

站在一旁的百合香，用擔心的眼神望著修一的側臉，緊緊地用手抓住他的袖口。

看來，百合香對廣瀨的第一印象並不是很好。

「嗳……」

修一並沒有轉頭看百合香，而是緊盯著廣瀨臉上的表情。接著，他把百合香揪住袖口的手甩開，小聲地說道：

「百合香，妳別再說了，這是我的決定。」

修一和百合香立刻被帶往五樓的官房長官辦公室。

在那間不算大的辦公室裡，配置著辦公桌、沙發與茶几，還有會議用的小桌子，顯得十分擁擠。牆上掛著日本國旗和一幅描繪田園風光的油畫。

坐在招待賓客沙發上的修一，根本無心享用秘書端來的茶水，只是認真地反覆看著他手上的聲明稿。然後，他閉上眼睛，嘴裡嘰哩咕嚕地背誦起這篇文章來。

在他身旁的百合香，露出緊張的神情，看著修一。她也已經看過聲明稿了。

——真的要在電視上發表這樣的聲明嗎？

「準備好了嗎？」

過了一會兒，廣瀨回到官房長官辦公室，修一和百合香在廣瀨和杉山的催促下，走向四樓的大會議室。

在那個比官房長官辦公室大上許多的房間裡，早已擠滿了民營電視台、公共電視台、衛星電視台、有線電視台等貼著各家媒體名稱的攝影機和麥克風，還有負責操作的攝影師們。

修一在18台攝影機前，用前所未有的正經表情看著前方，他的臉上沒有一絲笑意，也沒打算要要寶搞笑。

就在這時，智久搭乘的直升機，剛好在岐阜的航空自衛隊基地補給完油料，一路趕往東京。

修一預定在正午時分，於電視上發表聲明，而智久則是預定在下午3點抵達東京——

【6月11日（星期五）中午12點0分】

修一所拿到的聲明稿，不僅會撼動全日本，甚至會在全球各國之間投下震撼彈。

——真的要發表這種聲明嗎？

眼睛看著前方的眾多攝影機鏡頭，修一在內心不斷地這樣自問自答。

看到修一似乎陷入內心的掙扎之中，杉山用擔心的語氣這樣偷偷對廣瀨說：

「他真的沒問題嗎？」

「放心吧，像他那種人，應該會在壓力之下維持鎮定。因為他個性開朗，精神層面相當強韌。所謂的領袖人物，都是被人打造出來的。在這個會把人壓潰的重任之下，修一必定會拼死命完成他的任務——要開始啦。」

「請發表聲明。」

攝影師收到指示，全都安靜了下來，室內變得一片寂靜。修一把放在膝蓋上的聲明稿用力擰住，抬起頭來，瞪著攝影機。

「大家好，我的名字叫渡邊修一。這次的國王遊戲，我們掌握了一些情報，因此，我以高中生代表的身分在此發言。

現在，有一件事必須通告所有高中生和日本國民，請大家專心聽好。

首先，第一點，這一次國王所下的命令是【殺死金澤伸明】，在全國各地，叫做金澤伸明的人共有92位，截至目前為止，已經有26位金澤伸明遭到殺害，另外，有2位已經得到國家的庇護，其他的金澤伸明則還沒有查到更進一步的訊息。

國家正在徵求相關資訊，請殺害金澤伸明的人，以及金澤伸明本人，現在就撥打電視畫面下方的電話號碼。國家一定會負起責任，提供庇護。至於已經殺害金澤伸明的人，因為這是特殊狀況，所以國家並不會因此追究刑責。

第二點，每當時代面臨重大轉變時，必定會有重大的事件發生。自從地球誕生以來，已經有無以計數的生物種類滅絕，這個地球運行的主要潮流，真的和我們毫不相干嗎？——我想，絕對不是這麼簡單。

在這次國王遊戲中，我已經有許多好朋友死去了，我也因此流下了許多眼淚。」

修一嘆了一口氣，眼睛看著地面，等了一會兒，才重新抬起頭望著攝影機。

「瘟疫——也就是傳染病，是能夠以世界規模擴散流行的。歐洲在14世紀經歷過鼠疫、在19世紀經歷過霍亂。據說，14世紀中期到後期，死於鼠疫的人就有將近3千萬人之多。

世界衛生組織已經將目前在日本發生的事件，視為一種傳染疾病，並且將日本列為最高警戒層級的第6級。為了防止更多國家發生長期且連續不斷的「擴散危機」——世界20個主要國家的領袖，已經開始討論是否要讓日本這個國家永遠從地圖上消失。各國領袖將在3天後發表最後的決策，換句話說，我們所剩下的時間，只剩下這3天而已了。

現在，在這段期間內，我們已經被下令禁止離開日本國土。

關於後續處理問題，政府已經開始檢討各項方案，其中之一，是將日本首都移往其他國家，建立一個新的日本。簡單來說，世界各國將會協助新的日本重生。目前考量的地點，有NIS

地區、大洋洲地區，以及中國等地。
另一個方案，是日本國民分散遷居至國外，在國外永久定居。
無論採取哪一種方案，現實就是日本已經不能再居住了。
更重要的是……不能造成更多人感染……現在仍留在日本國內的人，都將被世界各國所拋棄，請接受這個事實。也就是說，沒有人會在乎了。這是為了避免爆發全球性的感染，為了拯救世界各國所做的最佳決定。完畢。」
聲明稿到此結束了。可是，修一還是望著攝影機，他咕嚕一聲，吞了一口唾液，再次開口：
「我們已經被拋棄了。但是，大家不要放棄，要繼續生存下去。假如有機會——我絕對饒不了那些棄我們於不顧的人。我一定要讓他們嘗到同樣的痛苦。」
「你在說什麼！這是現場直播啊！」
杉山慌忙地衝向修一，想把他拉下來，但是在拉扯之中，修一還是放聲大喊：
「我們全都該去死嗎？誰會想去住俄羅斯啊！那裡一定很冷吧？我又不會跳哥薩克舞！我、我是熱愛家鄉的人啊！別把我們看扁了！這是宣戰布告，你們這些混蛋，如果真有病毒的話，我一定要跟你們ＫＩＳＳ，讓你們也被感染！至少，讓你們嘗嘗我們所承受的痛苦！你們就這麼完全不顧我們的感受嗎！」
廣瀨抱著雙臂，站在電視攝影機旁，用冷靜的表情看著這幅光景，彷彿這一切都在他的預料之中，他的表情已經證實他早有預謀了。
廣瀨一不小心露出了笑容。

——這樣正好，修一，讓全國的高中生奮起吧。

在六本木新城住宅大廈房間內看著電視轉播的螢，手上緊緊抓著滑鼠。

「從太古時代就已經存在於地球上，曾經多次將人類逼向絕望邊緣的生物病毒，以及，到了現代之後，以另一種面貌出現，在電腦網路上散播的電腦病毒，這兩者之間有什麼關聯，還難以斷言——不過，我很肯定，現在的我，已經取得了非常偉大的力量，而且更妙的是，沒有人知道這件事。」

看到電視轉播的高中生們，有些人不屑修一的發言，不過，壓倒性的多數人則是贊成他的意見。

高中生們發現他們已經被世界各國棄之不顧之後，開始爆發出難以想像的抗拒反應。

「拋棄我們？怎麼可能！照常理來說，應該要救我們啊？他們搞錯了吧！」

「修一這傢伙，說得好啊！你是我們的戰友。無能的政府快滾，讓修一來領導我們吧。」

「我們要團結起來，一起奮戰！」

但是，也有人這樣說：

「……要是我們繼續活著，就有可能把全世界的人都拖下水，讓幾千萬、幾億人都……」

【6月11日（星期五）下午2點55分】

結束實況轉播的修一和百合香，被帶到首相官邸二樓的大會議廳。那裡可以舉辦晚宴，也可以當成閣員會議用的會議室。從窗戶望出去，可以看見外頭的國會議事堂，以及路邊的銀杏樹。

「好大好漂亮的房間啊，嗳，可以看見國會議事堂呢。」

看著窗外的風景，百合香這麼說道。此刻的她，感受到的是與現狀格格不入的美妙氣氛。

「現在是欣賞風景的時候嗎？快點坐下吧！」

修一瞪著百合香，隨即在準備好的椅子上坐了下來。

「……對不起。」

因為至今仍舊無法查出友香人在何處，修一剛才在轉播時挑起的激動情緒，遲遲未能平復下來，空氣中瀰漫著一股緊張的氣息。

廣瀨推開大房間另一頭的門，走了進來。

「讓你久等了，修一，智久剛才抵達了。」

廣瀨身後出現了智久的身影。才分離半天而已，卻像是幾年不見的老朋友一般，讓人緊張得不知所措。

不知該怎麼跟智久解釋的修一，只好低頭望著地面。這時百合香卻突然開口：

「友香現在在醫院喔！已經找日本最好的精神科醫生替她診治了。這是修一向廣瀨先生拜託的。」

修一驚愕地睜大眼睛，望著百合香的臉。智久聽到這番話，好像放下了心中的大石頭，一派輕鬆地走向修一。

「是嗎？謝謝你，修一。我該怎麼跟你道謝才好呢……相較之下，我什麼都……我已經聽廣瀨先生說了。接下來，修一將要讓全國的高中生團結起來，對吧？當時我坐在直升機上，所以沒看轉播，他們之後會給我看重播。你很靠得住呢，身為你的朋友，我真的很開心。」

修一不敢直視智久的眼睛。

「……不是你想的那樣。」

修一用小到幾乎聽不見的聲音這麼說。但是智久好像沒聽見，反而低著頭對修一坦白：

「我、我有件事得跟修一報告。……事實上，我見到了過去曾經體驗過國王遊戲的那個叫金澤伸明的人。」

智久的話，讓廣瀨倒抽一口氣。修一和百合香則是一時之間難以理解智久在說什麼。

廣瀨抓住智久的雙肩，用非常帶有攻擊性的語氣質問：

「智久，你說的是真的嗎？那個金澤伸明現在人在哪裡？」

對廣瀨這突如其來的強烈反應，智久不知該如何是好，他拚命地搜尋腦海中可用的字彙。

「金澤伸明……已經死了。不過，他的意志——仍舊活著——就活在我的體內。」

「這是什麼意思？我聽不懂。能夠解釋到讓我聽得懂的地步嗎？」

恢復冷靜的廣瀨，鬆開了智久的肩膀。

「國王的真面目是一種病毒，一種擁有自我意志的病毒，這就是所謂的國王——現在的我，體內寄宿著金澤伸明的活體組織，在我的體內，正在製造對抗病毒的抗體。可是，我不知道這些活體組織要多久才能穩定下來。

宮澤先生……是個早在30年前就開始研究國王遊戲的學者。據他所說，應該……花不了幾天時間。到那時，我的身體、不，我的血液會帶有抗體，當抗體完成的那一刻……我就會死亡。」

一口氣把話說完的智久，喘著大氣，肩膀隨著呼吸而起伏。

「真的嗎？全世界的所有研究機構，都拼了命想要找出終結國王遊戲的方法，但是一直沒有找到任何解決問題的線索——」

「你死了又算什麼！」

修一當場站了起來，大聲罵道。因為用力過猛，椅子甚至往後翻倒。

「開什麼玩笑！為什麼智久要付出這麼多？我真的想不通！你要考慮清楚啊！這方法一定有問題！」

智久慢慢走向怒氣沖天、表情駭人的修一，一直走到鼻子和鼻子幾乎要接觸的距離。

「你知道會有多少人死亡嗎！幾萬人？不，是幾十萬人、幾百萬人啊！如果我的一條命，能夠拯救大家的話，這樣不是很划算嗎！」

「划算？我再說一次，別開玩笑了！現在快點找人代替你！」

「別說這種傻話，修一！並不是任何人都可以的！」

「是啊！假如能夠製造出抗體的不是智久，我會更開心！開心得當場跳起來！你才別開玩笑，智久。什麼划算不划算？這是你的命耶，對我來說，智久的命是多少錢都換不到的，你這個笨蛋！」

「你才是笨蛋！難道說，友香和百合香，或是這裡的廣瀨先生，他們就應該去死嗎？」

「那樣最好！真是那樣，我會高興得大叫三聲萬歲！」

「你這個講不聽的混蛋！」

修一低下了頭，剛才吵架的氣勢瞬間消失無蹤，身體開始不停地顫抖。

「為什麼是智久呢……為什麼智久要死呢？我知道我自己可能活不了多久——說不定幾天之後就會死，可是，我還得看著你死去嗎？我、我沒辦法……我沒辦法做到那種地步。就算能拯救日本，可是你死了又有什麼意義呢……」

智久用雙手捧起嗚咽的修一的臉龐，看著那張被淚水浸濕的臉。

「當然有意義。這樣才能夠拯救修一、友香和百合香的命啊。修一，你聽好——」

「閉嘴！再說我就宰了你！難道你想死在我手裡嗎！」

「現在的我，體內寄宿著金澤伸明的活體組織。修一，你回想一下這次的命令！還是你現在要殺了我？」

「開什麼玩笑……我才不想用這種方式獲救呢。」

「抱歉，我剛才……說得太過火了。」

修一當場坐在地上，崩潰大哭了起來。

「對不起。」

智久小聲地說，慢慢遠離修一。

就在一旁看著他們兩人吵架的廣瀨，中途一直沒有插嘴，始終專心聽著他們所說的話。

——所謂的天命，就是人的天性。遵從人的天性，就叫做「道」。人的命運，就是這麼殘酷。這兩個還是高中生的孩子，原本應該過著無憂無慮的人生……發現了未傳送簡訊藏有秘密的修一，成為高中生的代表人物，可是他最好的朋友，卻為了讓國王遊戲劃下休止符，寧願將那股力量放在自己體內。這能夠用諷刺兩個字來形容嗎……你們兩個人，似乎早已註定要走上相同的道路。修一，原諒我吧。

下一瞬間，廣瀨的表情變得和緩許多。

——你們的交情真的很好。即使這樣大吵，也掩蓋不了你們的友情。修一，你因為喜歡智久，所以才會大聲怒罵，拼命想要反抗這樣的命運。你真的太耿直了。羈絆——對我這個年紀漸長的人來說，早就已經忘記那是什麼樣的感覺了。說不定，人類的存亡全都要靠你們兩個人了。

現在，是不是應該讓這兩人盡量避開所有危險呢？不、假如刻意讓他們陷入危險之中，會不會有什麼意外收穫呢？——在思考這些可能性的同時，廣瀨的表情又恢復了平日的冷酷。

轉念間，他突然想起修一曾經拜託他「找到今村友香」這件事。

這時，廣瀨的手機響起，他走到房間的一角，先確認來電者的姓名，才接起電話。廣瀨心裡有些疑問，他提醒自己，是不是有什麼重要線索被自己遺漏了呢？

『廣瀨長官，您方便說話嗎？』

「長話短說。」

『自從中午的實況轉播之後，跟我們取得聯繫的3位金澤伸明，已經有2位被自衛隊護送到首相官邸了。』

「我這邊處理好就過去。你帶他們去其他房間等候。」

『廣瀨長官，其他內閣成員不斷在施加壓力，逼迫您辭職下台，這樣下去，恐怕擋不了多久了。關於繼任的首相人選，他們認為過去沒出過什麼醜聞的梅田相當適合。』

「梅田嗎──梅田已經老了，頭腦頑固，只懂得編纂教科書。以前在演講會上，他被許多年輕一輩出言指摘，結果他居然惱羞成怒大罵『你們這些小鬼給我閉嘴』……他是那種在敬老尊賢教育下長大的典型人物，想要叫他收拾這次的局面，恐怕……抱歉，請繼續擋住那些壓力，一旦結果出爐……」

這一瞬間，廣瀨的腦海裡突然找到了一片遺落的拼圖。他停止說話，緊握著手機，拼命地思索著。

──這麼簡單的事，為什麼我現在才想通呢。

命令2的懲罰簡訊，並不是在午夜0點發出的，而是晚了2分鐘。而在幾個小時之前，中央部會和警察廳的電腦則遭到駭客入侵，網頁遭人竄改。

〈根據推測，這可能只是實驗性質的測試，過一段時間，駭客就會展開全面性的攻擊。〉

現階段還無法確認，網路是否已經被人入侵、埋下了病毒，所以只能猜測有這樣的可能性。

但是，在過了半天以上的現在，並沒有再次發現駭客入侵的跡象。

現在全日本的高中生，都處於感染「病毒」的狀態，被國王遊戲懲罰，其實就是感染病毒的結果。這種病毒，假如是透過行動電話來傳播、感染的話……

——在電腦主機被駭客入侵之後，國王遊戲的懲罰和命令都延後了……侵入中央部會電腦的用意，其實並不是所謂的網路恐怖攻擊！

「沒錯！那是在植入病毒！生物病毒和電腦病毒，這兩者是有因果關係的。雖然還不明瞭目的何在，但是，一定是個非常有才能的人，做出了這種驚天動地的事！」

廣瀨突然大叫出聲，把電話那一頭的杉山給嚇了一跳。

——的確，那個嘗試入侵主機的駭客，始終沒有露出馬腳，他具備相當的知識，頭腦如同天才。能夠借用他的智慧，活用在好的方面嗎？……不、這種期待只會落空罷了。

用手指抵著嘴，廣瀨繼續從這一點開始聯想，逐漸過濾並勾勒出犯人的輪廓。

在命令3的時候，曾下令要求20歲以上的人盡快離開日本。從當天晚上10點半到隔天清晨，全日本有好幾個鐘頭都處於停電的狀態。在這段期間裡，有哪些地方還在繼續供應電源，足以讓電腦繼續運作呢？

——對方是個住在擁有發電機、電源不會中斷之處的人——而且，犯人未成年，說不定還是個高中生。

廣瀨把他推論的犯人側寫告訴杉山。

「馬上去過濾！徹底搜查！把所有的維安顧問都找回來，同時把還留在國內的科技人才都叫來——還有，告訴WHO，說我們找到抗體了。」

『我明白了。』

「對了，你找到今村友香了沒有？」

『還沒有。』

「最優先的事項有2件，一是找到那個駭客，二是找到今村友香——還有，把智久帶到國立醫療機構，採集檢體……進行基因解析。」

『那麼，金澤伸明的事該怎麼處理？』

「……有2位是嗎？這樣應該能夠拯救智久和修一吧。至少，要讓智久活下來。只有他，無論如何都不能死。」

『您打算做什麼……？』

聽到廣瀨冷漠的語氣，杉山的說話聲中帶著躊躇。

廣瀨用手掩著手機，以銳利的視線瞪著某個方向。沿著他的視線看過去，是已經再度和好的智久和修一，兩人拍著彼此的肩膀，笑了起來。

「已經和好了嗎——我想說什麼，你還猜不出來嗎？我要他們殺了那兩個金澤伸明。」

廣瀨臉上還是毫無表情。

『他們……是指工藤智久和渡邊修一嗎？您是認真的嗎？萬一，這件事被民眾發現的話，會有什麼下場？政府居然鼓吹殺人，這是很嚴重的問題啊！』

「杉山，你再仔細想想自己剛才所講的話吧。要是被大眾發現的話……所以，只要不被發現就沒事了。」

『可是……你要智久和修一他們去殺了那兩個金澤伸明？我認為他們下不了手。』

「我自有我的盤算。你先去查清楚那兩個金澤伸明家裡有什麼人。」

杉山把手機夾在耳朵和肩膀之間，用手翻著資料，將這兩位金澤伸明的家庭背景和親屬的生死狀況簡潔地向廣瀨報告。

廣瀨臉上露出一抹邪惡的微笑，他指示杉山接下來該怎麼做，然後丟下一句「不得有誤」，就掛斷了電話。

【6月11日（星期五）下午4點5分】

杉山把手機收回西裝口袋裡，臉上帶著陰沉的神色，走向兩位金澤伸明暫時待命的房間。

一位金澤伸明看來脾氣火爆，就像個不良少年。另一位金澤伸明則給人內向的第一印象，個性比較溫和。此時兩人並肩坐在一起。

個性完全相反的兩個人。

杉山先把那個脾氣火爆的金澤伸明帶走，把他領到同一樓層的另一個房間去。

在那個空蕩蕩的會議室裡，沒有其他人。杉山和金澤伸明隔著中間的大桌子，面對面坐著。

「我們這裡有個人，無論如何都不能讓他死去，一定要保住他的性命，因為他是一個可以終結國王遊戲的人。為了保護那個人，金澤，我們需要你的協助。」

「我聽不懂你在說啥啦！喂，沒有飯可以吃嗎？我餓死啦。」

「等我們談完之後，馬上就會幫你準備好——雖然這件事很難以啟齒，不過，你的生命可以交給我們嗎？我們希望那個我們想保護的人，能藉由殺了你而獲救。」

「什麼？明明是你們說好要保護我，我才來的耶，別開玩笑了！」

歪坐在椅子上的金澤伸明，單腳抖個不停，就連桌子都被他抖得不停震動。

「這不是開玩笑，難道你不想拯救日本嗎？——假如你肯答應的話，你有什麼願望，我們都會幫你達成。這樣的條件，應該很划算吧？——比方說，嗯……讓你的父母親能夠過著富裕的生活，如何？」

「不管你怎麼利誘都沒用！這是我的命耶！保護日本？別傻了，我只管我自己能不能過得好。你的提議真是無聊透頂。我老爸一天到晚喝酒，每天都去打小鋼珠，在外頭找女人，那種廢物，我為什麼要為他……」

「你們3天之後有可能全都會死啊！你沒看中午的轉播嗎？既然難逃一死，不如為家人留下一些什麼比較好吧？」

金澤伸明狠狠地在杉山臉上吐了一口口水。

「我才不要！我一點也不想要那麼做。你想說的就是這些嗎？你真的有求於人嗎？既然如此，我肚子餓了，快點拿大餐出來——還有，找個漂亮的小妞給我。我最近都沒有做，忍很久了呢。最好是多找幾個來。這點小事，你辦得到吧？」

杉山拿出手帕，擦掉臉頰上的唾液，然後說道：

「餐點馬上就會送來了。至於女人——恕難從命。抱歉，不該拜託你的。」

「啊、大叔，給我一包菸吧！我已經抽完了，要紅色的萬寶路。」

「你還未成年吧！」

「居然跟我說教？還真是沒用的大人，我可是好不容易才抵達這裡耶。」

瞥了金澤伸明一眼，杉山站了起來。

——討厭那個在外頭花天酒地的老爸，可是自己卻想找女人，這就是有其父必有其子嗎？

離開房間後，杉山走向另一位金澤伸明等候的房間。

杉山把相同的話，再一次說給這位金澤伸明聽。

「怎麼樣?你願意接受嗎?」

「我有些話想說,可能會說得很長,您願意聽嗎?」

這位金澤伸明流露出認真的眼神,杉山無言地點了點頭。

「我們家有8個人,年紀最大的大哥,是個卡車司機。每當我心情鬱悶時,他總是會開卡車載我去兜風,讓我開心。有時候也會帶我去釣魚。雖然我們年紀有一段距離,但是我最喜歡大哥了,然而……我大哥昨天被殺了。

再來是我二哥,最近才剛被公司裁員。他是個很有責任感、比別人還要努力的人,從早忙到晚,卻突然被……他現在人在韓國。

我還有個姊姊,雖然平時很嘮叨,但是很擅長運動,而且長得很漂亮。她每次都沒有理由地打我的頭,還說那是什麼愛的表現。雖然她每次都會逼我念書寫功課,可是,我很喜歡這個姊姊。

姊姊和內向的我不一樣,她凡事都很積極,還會給我談戀愛的忠告……我以姊姊為榮,但是,她卻受到懲罰死去了。」

金澤伸明低下了頭,淚水從他眼中滴落。

杉山不知道這時候該怎麼接話,只能看著對方,表示理解地點點頭。

「另外,我還有兩個念小學的弟弟,他們像小怪獸一樣吵個不停,有時候讓我覺得好煩,可是,他們還是好可愛。我們也常常一起泡澡,不過,他們被母親和二哥帶到韓國去了。

而扛著全家生計的父親……被人殺死了。他是個建築工,最近,都很晚才回家。每次我問他：『你跑到哪裡去了？』他總是笑著回答：『我跑去找樂子啦！』我一直以為他跑去喝酒了，玩到很晚才回家。

可是，事實並非如此。他之所以很晚才回來，是因為二哥被裁員的緣故。我聽同學的母親說：『你父親最近在拉麵店打工呢。』才知道事情的真相。」

房間裡一片寂靜，只聽到時鐘的秒針滴答滴答地在耳際迴響。

金澤伸明抬起了臉。

「父親所謂的『去找樂子』，其實——是希望我們都能過著衣食無缺的日子。他朝著這個方向努力，而且樂在其中。我想，他話中應該是這個意思吧。

雖然他很疲倦，卻總是會笑著問我：『學校生活過得怎麼樣？』我真的很希望全家人能夠開心地生活在一起。

我有一個既溫馨又快樂的家庭，原本我預定……要去念我姊姊上的那一所高中。

——您的提議，我欣然接受。但是相對的，請您一定要讓我的兩個弟弟和我母親得到幸福。我願意用自己的生命，換取我最愛的人畢生的幸福。我愛我的父母、我的哥哥姊姊，我愛我所有的家人。」

杉山用力地點頭，走出房間打電話給廣瀨。

『一如廣瀨長官的預料，那個念中學的金澤伸明，答應了這個提議——這樣真的好嗎？我一直很尊敬廣瀨長官，可是，這次居然要做到這個地步……日本究竟會變成什麼樣子呢？』

「這一切都是為了保護日本——你做得很好，接下來就由我接手吧。」

說完之後，廣瀨掛斷了電話。

接著，他喊著「智久同學」，把智久招到眼前。

「我有件重要的事得跟你說，能不能跟我來一趟？啊，修一和百合香請留在這裡。」

智久跟著廣瀨，來到了走廊上，一步步地走在那赤紅得如同染血般的地毯上。

走進官房長官室之後，兩人隔著茶几，坐在兩側的沙發上。廣瀨的表情突然變得極為陰沉。

「智久，有件事我要親口告訴你。我知道不應該對你有所隱瞞，所以，我要把真相告訴你。我希望你能瞭解，這並不是修一或任何人的錯。」

搞不清楚廣瀨想說什麼的智久，困惑地抓抓頭。

「你的女朋友，叫做今村友香對吧？」

「是。」

「她……其實不在醫院裡。」

廣瀨用很慢的語氣，一個字一個字地說清楚，就像是要智久相信他所說的每一個字都是真的一樣。

「嗄？」智久小聲地喊道，同時睜大了眼睛，楞在當場，因為他還沒把廣瀨所說的話弄明白。

「之所以說她在醫院，是百合香不想讓你失望，才故意撒的謊。修一和百合香兩個人，一直都在調查未傳送簡訊裡的文字，這是一件非常龐大而又毫無止境的作業。正當他們在調查時，一個不注意，就讓友香被人給擄走了。他們雖然拼了命去找，但是最後卻沒能找到友香。修一已經想不出辦法了，所以，他向我開出條件，假如政府願意全力幫他尋找友香，他就願意到這裡來幫忙。於是我們動用警察和自衛隊，全力搜尋，這就是事情的真相……」

說到這裡，廣瀨的表情突然扭曲，低下頭來，泣不成聲。

廣瀨正照著自己所編寫的劇本，演出這一幕，突然暫停說話，也是刻意要讓智久感到不安的緣故，因為他在等智久主動說出他要智久說的「那句話」。

「友香……她現在人在哪裡？——她還活著吧？拜託，廣瀨先生，請您告訴我好嗎！」

雙眼發紅的智久，急切地詢問友香的下落。

「她是你的女朋友，所以我們不應該對你隱瞞才對。其實，我剛才接到電話，電話裡報告說……已經發現你女朋友的遺體了。」

「你騙人！不會吧？告訴我，廣瀨先生！友香被殺了嗎？還是她遭受懲罰了？」

「應該是有人殺了她，所以請你不要責備修一。」

「怎麼會這樣……」

智久臉色鐵青，渾身顫抖，無法將牙關緊閉。這時的他，腦子裡根本無法接受這個事實。

廣瀨一直盯著智久的眼睛。他編寫的劇本是否成功，就看接下來的表現了。然後，他拿出手帕，擦拭額頭的汗珠。

「雖然稱不上是好消息，但是……我們同時也抓到了殺害友香的犯人。現在正要把他帶來這裡。」

「人一旦遭遇到考驗，內心就會變得醜陋。修一為什麼沒有看好友香呢？」

智久好像對廣瀨說的話充耳不聞，逕自望著窗外，如此喃喃自語道。

「不曉得是不是巧合，那個殺害友香的犯人，名字就叫做金澤伸明。我想跟你說的是，你絕對不能遭受到懲罰，因為你肩負著拯救日本的重大使命。為了讓你不再被國王的命令和懲罰所左右，你必須——這絕對不是復仇。」

「嗯。」

智久的眼睛恢復了焦點，他看著廣瀨的臉。

「……那個金澤伸明，現在也在這裡嗎？」

「能讓我見見他嗎？」

「全國的民眾，都不會責備你的。因為這不是復仇……而是你的使命。」

——如此一來，才能奪走你冷靜判斷的能力。你是一個絕對不能死的人，智久。生命的重量，取決於一個人所背負的責任有多重大。而我……則是背負著守護這個國家的使命。

廣瀨帶領智久走進金澤伸明所在的房間裡。在略微陰暗的室內，寂靜得像是所有聲音都被吸走了一樣。在房間的中央，有一張椅子，上面坐著金澤伸明。

他的頭上綁著一條毛巾，蓋住雙眼，雙手則被反綁在背後。

看到這異樣的光景，智久倒抽一口氣，廣瀨於是靠在他耳邊，小聲地說：

「反正這孩子一樣會遭到法律的制裁。我再說一次，你千萬不能死，請你一定要牢記這一點。」

智久沒有說話，他向前跨出一步，喀喳一聲，關上了身後的門。

智久一步步地向前接近。

「為什麼你要殺了她……殺了友香？告訴我！」

座位上的金澤伸明，被智久的聲音嚇了一跳，然後把臉轉向聲音傳來的方向。接著，他像是有所覺悟一般，開始說起事件的經過。

「在這樣混亂的局勢下，我的精神狀況變得很不穩定。就在那時，我看到一個可愛的女生睡在公園裡，她破爛的制服裙子露出了白皙的腿……我看到之後就忍不住……所以我把她帶到沒有人煙的地方，侵犯了她。但是，她像個人偶一樣絲毫不反抗，實在太無趣了。後來，我開始擔心起來，因為內心恐懼，就把她給勒死了。

不過，我並沒有罪惡感——因為，隨時隨地都有人死去。只不過是多死一個人……多殺一個人罷了，應該無所謂吧。」

「那個女孩子是我的女朋友。對你而言，或許是個無關緊要的人，但是對我來說，卻是我最珍愛的人。」

金澤伸明除了說明犯行之外，其餘什麼都沒說，因為杉山事先告訴他不要多說。一切都依照劇本進行著。

智久又朝金澤伸明走近一步，大叫道：

「你快說話啊！」

「……我說過了，我不覺得我做了錯事。因為，一直有人死掉不是嗎？你想殺我的話，就儘管動手吧！」

金澤伸明雖然鼓足力道、氣勢十足地大喊，但是，他的雙腳卻不聽話，一直顫抖個不停。眼睛滴下的淚水，早已浸濕了毛巾。

〈杉山，把那名少年的眼睛矇住。〉

〈這是為什麼呢？〉

〈因為這孩子一定會哭。當人和人四目相對時，就更難下手了。〉

一切全都按照廣瀨所寫的劇本在走。

金澤伸明被濕毛巾遮住的眼睛，眨了好幾下。

——姊姊、哥哥、爸爸、媽媽。

「即使如此，你也不該……不該殺了友香啊！你因為害怕而殺了她，這是什麼鬼話！」

「你想殺我就快點動手！」

彷彿要用怒氣來挑撥智久似的，金澤伸明這麼大叫著。他的腳停止顫抖，眼睛也不再落淚了。

「用不著你說，我也會動手。」

智久站到金澤伸明面前，把手放在他的脖子上。這時，智久突然發現一件事。

——身材好瘦小。

「……你幾歲了？」

「中學二年級，13歲。」

「13歲……為什麼不快點離開日本？」

智久歪著頭，鬆開了雙手。

「我又不是被命令的對象，沒必要離開。再說，能夠撤離日本的人數有限，所以我留下來了。」

「你要是當時離開……就不會發生這些事了，這樣你和友香就……」

「……最近我家有了新成員——我家的狗生了小狗，所以一定要有人留下來餵牠們才行——這跟你無關吧！快點殺了我啊！我叫金澤伸明！是全日本高中生拼命搜尋的目標，可是非常寶貴的喔！只要殺了我，就能從國王遊戲中獲得解放！這樣的好機會，可不會再出現第二次了！你懂嗎？還有，你殺了我，就能替你的女朋友報仇啦！」

——自己的死，是至高無上的榮耀。是為了拯救人類而死。

金澤伸明拼命地這麼說服自己。

再一次，智久把雙手放在金澤伸明的脖子上。這時，他已經確信，這個少年並沒有殺死友香。

——想要用憎恨來矇蔽我的理智嗎？你說謊，你並沒有殺害友香。你的身體、你說的話都證明了這個事實。友香被人擄走，應該是真的。因為之前和修一見面時，他看起來欲言又止，不知所措。那傢伙太單純了，就算想騙人，也會說一大堆無聊的理由來掩飾。

有時候，人在現實中會遇到毫無道理可循的情況。把不幸的原因推給他人，以求保護自己。

把責任推給他人、推給社會和大環境，早已是司空見慣的事了。

會變成這樣是誰的錯呢？自己的不幸，是父母親的錯。自己會變成這樣，是朋友的錯，或者，推說是運氣不好。

反正千錯萬錯，都不是自己的錯。無法得到肯定的人，都認為社會有問題。明明自己比其他人更優越，為什麼得不到社會的認同呢？很多人都陷入這樣的迷思之中。

以智久來說，他的做法就是把自己縮進烏龜殼裡，但是這麼做只是在逃避現實罷了。說不定，年幼時期生活無虞、家人對他有求必應，造就了這樣的他。

所以，智久變得越來越任性，對自己越來越寬容。自我意識過剩的人，無法養成認同他人、與其他人產生共鳴的習慣。

——金澤伸明，你真的很了不起。年紀才13歲，就懂得不能逃避現實的道理，並且拿出覺悟，正面迎戰。我這個在嬌生慣養下長大、只會逃避現實的人，光是看到你，就覺得自己很丟臉。我不打算問你為什麼要這麼做。我知道你已經有了覺悟，才會到這裡來。

我會繼承你的這股覺悟，絕不會讓你死得毫無價值。我要拿出背負他人生命的覺悟，和大家一起奮鬥下去。再見了——

智久掐著金澤伸明脖子的雙手，開始用力了起來。

【6月11日（星期五）下午5點22分】

看著套在左手上的手錶秒針，廣瀨呼出了一口菸，西裝口袋裡的手機正好發出了陣陣來電鈴聲。就像是等待這一刻很久了似的，他抬起頭來，從口袋中取出了手機。

『長官，關於網路恐怖攻擊的嫌犯，已經找到線索了。目前確認在東京23區之內，接下來，就能夠更進一步縮小目標了。』

是秘書官杉山打來的電話，或許是焦急的緣故吧，杉山拉高了聲調。

「原來就在這麼近的地方啊，繼續調查，拜託你了。」

『是！——還有另一起事件，在東京都內有一名高中二年級的男學生，殺死了金澤伸明，從國王遊戲中得到解放，可是，卻被其他同學給殺害了。據說那些學生吶喊著〝殺人凶手沒有活著的價值〞。』

「哼、哈哈哈哈！人類真是可悲的生物啊！」

『接下來該怎麼辦？我……實在跟不上長官您的思考速度，總覺得，不管怎麼想，都弄不清長官您有什麼目的……』

「那是我的個性使然。不、因為我在這個環境待久了，自然而然就變成這樣了。只有一件事你可以相信我。那就是我會傾注全力拯救日本——我這邊也差不多快要照計畫弄好了——一旦找到了網路恐怖攻擊的犯人，就立刻予以逮捕，絕不能讓那傢伙自殺。」

『好！我一定會在今天之內抓到那個人……可是，要是犯人不肯合作，那該怎麼辦？』

「那麼，我們就逼對方合作。」
廣瀨掛掉了電話，回到智久所在的房間。
在陰暗的走廊上，一名負責警備的警官，立正站在一道門前。
廣瀨把手按在那名警官的肩膀上。
「結束了嗎？」
「……稍早有聽到慘叫聲，後來，只傳出哭泣的聲音——他沒有離開房間，應該還在裡頭……」
「慘叫？為什麼會有慘叫的聲音！」
廣瀨的臉色突然大變，慌忙地抓住門把。
這時，門把發出喀喳的聲響，門打開之後，智久從裡面走了出來。
他的臉上沒有任何表情，就像是服飾店櫥窗裡用來展示衣服的假人一樣。
「智久？」
廣瀨開口問道。
「……廣瀨先生，我不喜歡你在我背後做這些偷雞摸狗的事情。你不必這樣設計我，我希望你能老老實實地向我說明情況，就像那種熱血教師一樣——我想，修一也會比較喜歡這樣的安排。我們並不是你手上的棋子。」
智久說著，深深地吸了一口氣，然後吐出心中的怨氣。
「成為大人之後，就一定會變得這麼骯髒嗎？你希望我能活下去，所以要我去殺死金澤伸明，這件事大可以挑明了跟我說啊！我已經問過他了，為什麼一個中學生還留在日本。這麼……善良的一個孩子。你們這些政客！還算是人嗎？」

「我想……如果我跟你說真話，你恐怕下不了手吧。」

「你自己看看！綁在金澤眼睛上的那一條毛巾，都已經濕透啦！這是他一直在哭泣的緣故。多想想這孩子的心情吧！下次再這樣設計我的話，我絕對饒不了你。還有，好好地守護這孩子吧，請你遵守當初開出的條件。」

智久一口氣說完，肩膀因為喘氣而上下起伏。

「我明白了，抱歉，是我的錯——可是，你能告訴我嗎？稍早智久也打算殺死金澤伸明吧？我想知道你改變心意的理由。」

「……我也不是很清楚。說實話，我雖然知道……這一切都是你所安排的，但是我的確想要照著做。可是，當我真的要殺人時，一閉上眼睛，就聽到一個聲音在對我說話。

『只要內心還保有一點善良，無論是多麼絕望的困境，都能夠平安度過。不管發生了什麼事，都絕對不可以殺人。』

這不是我對自己說的話，而是一個我從沒聽過的男孩子的聲音。

『靠著殺人所取得的東西，根本毫無意義。就算殺人是為了守護某些事物，那也稱不上真正的守護了。這個少年，即使到這最後一刻，都還是強烈地想要活下去。』

這些話，就像有個人在對我的內心說一樣。

——這是我第一次感受到這種情況。」

「是嗎——那麼，修一那邊，你打算怎麼應對？」

廣瀨瞇起眼睛，看著智久的臉。

「那傢伙——不管發生什麼事，都永遠是我的朋友。因為我們能夠原諒對方所做的任何事。所謂的朋友，就是即使被他背叛，也不會有一絲怨恨。

不久之前，修一曾經跟我說過。

『就算朋友說謊騙了我，但是我知道，對方的內心其實比誰都還要痛苦。所以我才會說謊騙你。最痛苦的人，是那個說謊的人。背叛的痛苦，會一直留在心底啊！』

現在的修一，比我……比任何人都還要痛苦，這一點我很瞭解。就因為瞭解，所以才是真正的朋友。」

不知不覺之中，智久的眼眶滴下了大顆的淚珠。

「我懂了——金澤伸明的事，就交給我吧。他的家人也是。真的很抱歉，往後我不會再這樣對你了。」

廣瀨重新拉好領帶，把西裝整理好，背對著智久走開了。

——可是，現實是殘酷的，智久。殺了金澤伸明而獲得解放的人，結果招來怨恨而被殺了。這樣的事，在這段日子屢見不鮮，不是嗎？現在，大家是憑仗著一股私怨在玩這場遊戲，殺死自己的敵人，你應該認清現實才對。智久和修一是絕對不能死的。因為到了最後階段，需要你們兩人出面。我的直覺已經這樣告訴我了。當國王遊戲終結之後，你們將會成為『復興』的踏階。

廣瀨回過頭來，對智久說：

「那麼，你快去修一那裡吧——」

智久的臉上，似乎浮現出一瞬間的笑容。廣瀨看了警官一眼，繼續說道：

「你去看看金澤伸明的狀況吧。——還有，幫智久的手檢查一下，應該還不到骨折的地步吧。」

智久低頭看看自己的手，發現手已經紅腫了起來。

原本，智久打算要勒死金澤伸明，但是，他卻停了下來，用力地搥打桌面。

同時，智久發出了慘叫聲。因為他無法原諒自己將要做的事情。

金澤伸明在警官的攙扶之下，前往另一個房間。或許是剛才的記憶鮮明地烙印在腦海中的緣故吧，他吸著鼻子，忍不住哭了起來。

智久對著離去的金澤伸明低頭鞠躬致歉，他相信，金澤伸明的心裡，一定綻放著非常美麗的花朵。

——金澤伸明同學，我絕對不會死的，只要我還有朋友在，我一定會讓過去那些理所當然的事恢復正常的。

廣瀨瞇起眼睛，看著鞠躬道歉的智久。

——這一定是偶然吧。雖然不是什麼重要的事……大概是我想太多了吧。智惠美、智久，這兩個人的名字，第一個字都是「智」。這算是異常的情況嗎？換作是平常的情況下，一定會有人說，何必這麼迷信，而我也一定不予理會……可是，這次我真的相信了，人的心意，即使在死後，還是不會消失的。

智久和廣瀨一起走向修一所在的那個大會議廳。在走到大會議廳之前，兩人一直都沉默不語。

【6月11日（星期五）下午5點45分】

聽到房門開啟的聲音之後，坐在椅子上抱著頭的修一，倏地站起身來。

當他看到廣瀨的身後站著智久時，馬上跨步跑了過去。

站在智久面前的修一，低著頭，嘴巴支支吾吾，不知道該說些什麼。他用力緊握的拳頭微微地顫抖著。

——真是丟臉，居然說不出話來。都已經和百合香事前演練過了，等智久一回來，就要向他坦白，說出真相的……

修一抬起了滿布淚水的臉。

「那個、該怎麼說……我、其實、呃……」

修一話還沒說完，就再度看著地面。智久啪的一聲把手搭在他的肩膀上。

「你想說的，我都明白了——我是絕不會放棄希望的。修一你呢？你也相信友香平安無事吧？你也這麼相信對吧？」

「嗄、嗯……」

智久的臉上，已經看不到剛才那種猶豫的氣息。現在的他，眼睛睜得大大的，眼神中充滿了決心。

「友香一定會沒事的，你要這麼相信，修一，你沒有惡意，對吧？你一定很痛苦吧？你一定拼了命想要找到她吧？假如你放棄尋找友香，那麼我的確會生氣，但是，你並沒有放棄，不是嗎？」

修一像是崩潰似地當場跪下，渾身不停地顫抖。

他眼中溢出的溫暖淚水不停地流著，不管怎麼擦，眼淚還是源源不絕地湧出。

「這、這是當然的，我、我才沒有放棄呢。」

修一抬起頭，雖然聲音帶著顫抖，但是語氣非常堅決。

這樣的好朋友，根本不必多說什麼，就能互相理解彼此的想法。

——責備對方又有什麼用呢？假如光靠一張嘴責備對方，就能讓情況好轉的話，我當然會罵個不停。但是，事實並非如此。對吧，修一？

「對不起，智久。」

在嗚咽聲中，修一勉強吐出這幾個字。智久抓住修一的腋下，讓他重新站直。

「現在哭著向我道歉還太早吧？友香一定沒事的。既然如此，你又何必跟我道歉、何必哭呢？趕快站起來吧，要是你都變得這麼膽小，那我該怎麼辦？」

智久其實很明白修一哭泣的理由。修一以為自己會被斥責，但是智久沒有多說什麼就原諒了他，讓他內心非常過意不去。

雖然明白這一點，但是不必說出口。所以，智久試著鼓舞修一，說他相信友香仍舊平安無事。事實上，不僅是說給他聽，同時也是說給自己聽。

在大會議廳裡，杉山匆忙闖了進來。

「廣瀨長官，網路恐怖攻擊的嫌犯所在地找到了！在六本木，六本木新城住宅大廈R棟

３４０３號公寓。」

「幹得好！馬上通知警方前往，網路犯罪對策課的人也一起去，杉山，這樣明白嗎——等等，我也要去。」

房間內瞬間被緊張的氣氛所包圍。廣瀨指示隨著杉山前來的助理，先治療智久的手傷。

「我看，應該沒有傷到骨頭吧。等到治療好之後，就到大學附設醫院去，分析組織細胞的基因序列，還要做精密檢查——等到檢查結束後，馬上帶回來。智久和修一，還有百合香，都不要到官邸外頭，以免遭遇不測。」

然後，廣瀨轉頭對智久和修一說：

「抱歉，我得趕去事件現場一趟。你們除了去醫院之外，千萬不要踏出官邸一步知道嗎！」

丟下這句話之後，他就匆忙跑出房間了。

廣瀨和杉山趕到首相官邸正門玄關前的同時，一輛全黑的Century開到前方，兩人一搭上車，就立刻出發了。

「怎麼找到嫌犯所在地的？」

坐在後座的廣瀨，向坐在副駕駛座的杉山這麼問道。

「是因為使用實體鍵盤直接輸入文字，結果被追蹤到了。假如對方使用滑鼠，透過螢幕鍵盤來輸入密碼和文字的話，就無法追查了。可是，因為對方直接使用鍵盤輸入文字，再加上他輸入了區碼和電話號碼，因此可以循線追蹤。」

「原來是用駭客竊取網路銀行認證密碼的手法啊。」

搜查一課和網路犯罪對策課的刑警們也上了車，在官邸用車的後頭，跟著一行8輛便衣偵防車，一路朝六本木疾駛而去。

【6月11日（星期五）晚間6點13分】

【警告！警告！警告！】

眼前的螢幕上，閃爍著紅色的字樣。

【位置已經暴露，請小心防範。】

一個漫畫角色般的女孩，正在畫面中央哭泣。這個角色是憑著幻想所畫出來的螢，意外的是，居然掌握住了螢的特徵，看起來有那麼幾分神似。

接著，畫面上又出現了其他文字。

【要啟動欺敵系統嗎？　：・ＹＥＳ・ＮＯ】

螢毫不猶豫地按下了【ＹＥＳ】。

【要啟動奈米女王的破壞程式嗎？　：・ＹＥＳ・ＮＯ】

螢一時陷入煩惱之中，按下了【ＮＯ】。

【int WINAPI WinMain（HINSTANCE p_hInstance, HINSTANCE・0h00m19383 s・0h00m19393 s・p_hPrevInstance, LPSTR p_pchCdLine, int p_iCmdShow）int Array// for pi != （Array＋5）"%d, %d, %d, %d, \n" 0h00m19403 s ＬＯＯＰ 14finished ≫瞭解。】

【要啟動報復程式嗎？　：・ＹＥＳ・ＮＯ】

螢露出訝異的表情瞪著螢幕。

「什麼報復程式啊！——可惡，早知道就不該把那傢伙殺掉……真是讓人越看越煩！」

螢的手移動著滑鼠，遲遲無法做出決定。

「沒辦法，只好這樣了！」

螢把滑鼠游標移到【YES】的字樣上，閉起眼睛按了一下。

【已啟動。】

這時螢才慢慢睜開眼睛。

【奈米女王啟動，請輸入密碼。】

畫面上再度出現這行文字。

螢又繼續盲目地猜測密碼，輸入電腦中。

這時，廣瀨等人所搭乘的車，已經來到了地下鐵赤坂車站前。這裡早已經沒有行人了，就連來往的車輛也不見蹤影。

廣瀨向前探出身子，這麼問司機：

「還要幾分鐘才會到？」

「現在離六本木大約2公里左右，應該用不了5分鐘吧，不過，準備攻堅可能需要花10分鐘。」

夕陽照在商業街上，玻璃帷幕的六本木新城，被夕陽餘暉染成了緋紅色。就像一座巨大的銅器雕像，被鋼鐵城堡緊緊地包圍。

螢想要找出有關密碼的線索，因此翻遍了那個青年的錢包、書桌、背包，在房間裡到處搜尋著。

書架上，擺放著偶像團體的ＣＤ、網路偶像的寫真集，以及同人角色的模型。

這傢伙應該是個偶像與動漫迷吧。螢把自己腦海中浮現的所有偶像團體名稱和藝人名字輸入密碼欄，可是，完全沒有反應。

自暴自棄的螢，開始打一些隨意想到的文字，例如【超噁爛】、【死阿宅】、【打手槍】、【女高中生】、【戀母情結】等等，不過，當然沒猜中。

螢拿起一枝原子筆，轉頭瞪著青年的遺體。接著，她把原子筆猛然插入那個人的心臟部位，力道之大，就像是要把他的心臟給挖出來一般。

一股黑色的血水滲出，暈染在他的Ｔ恤上。房間裡充滿了腐敗的惡臭。

——真是臭死人了！應該當成無用的大型垃圾拿去扔掉才對。

螢把自己常擦的玫瑰香水，灑在青年的身上。

在六本木新城的正面入口處，廣瀨搭乘的 Century 與便衣偵防車已經抵達了。清晨時分大批聚集在大型螢幕前的高中生們，此時早已經不見蹤影。

廣瀨一下車，就對其他下車的警官們下達指示。

「快點準備！——把大廈的所有出入口都封鎖起來！別讓嫌犯逃出這棟大樓。為了保險起見，要做好隨時切斷這棟大樓電力的準備。」

【警告、警告！大樓保全系統發現有人連線，出入口已經上鎖。】
【即將啟動火災警報器。】
【報復程式啟動。】
當警告聲響起時，電腦主機上出現了各種警告標語。CPU也隨著警報響起而全速運作起來。
「都弄到這個地步了……這下該怎麼辦才好。」
——假如沒有密碼的話……假如沒辦法啟動奈米女王的話……冷靜點，好好地思考對策。
廣瀨透過無線電，收到了報告。
「正面玄關的自動門已經上鎖了。」
「破壞大門也無妨，快點打開門。真是……高中生有這種能力嗎？——用遠端遙控方式鎖上自動門……為什麼嫌犯知道我們來了？難道有共犯？」
「SAT（特殊突擊隊）將在3分鐘後抵達。」
比預定時間提早30秒抵達的SAT，立刻開啟了自動門。搜查一課的警官們則是快跑搭上了電梯。
廣瀨急忙大喊道：
「不要搭電梯。要是火災警報器啟動的話，電梯有可能會暫停運作——只要一個人搭電梯就好，其他人爬樓梯上去。在房間門口等待SAT抵達，然後一口氣衝進去。」

螢的手指在鍵盤上游移，就像有人在導引著她似的，開始一個字母一個字母地輸入。

【F】【U】【K】【U】【S】【Y】【U】【U】（復仇）。

這次輸入的文字，也被電腦擋了回來。螢靜下心，把文字刪除。

然後，她默默地閉上眼睛，回想過去用網路聊天室和電話跟這個青年交談的內容。

——長相和身材是與生俱來的，我根本無法改變這個事實。可是念書就不一樣了，至少比較公平。總有一天，我一定要找他們報仇。他在心裡對自己這麼發誓……

「他沒有選擇復仇這個字眼，而是選擇了別的字眼。」

廣瀨三步併作兩步地衝上階梯，雖然呼吸急促、心臟幾乎停止跳動，他依舊沒有停下腳步。

——犯人相當聰明，一定具備了能夠控制國王遊戲的技術。我們必須取得這個技術，同時借用對方的「頭腦」。

總算爬到該樓層的廣瀨，在樓梯間裡用雙手拄著膝蓋，猛力地喘氣，調整呼吸。他抬頭看了一眼，詢問比他先到的警官：

「SAT還沒到嗎？」

「還沒。」

「我有不好的預感，我們先衝進去先發制人吧！」

「電梯已經暫停運作了，有一個人被關在裡頭，不過，火災警報器已經關閉了。」

螢無奈地嘆了口氣，瞪著電腦螢幕。

——那個男人，到底為了什麼目的，要寫出這麼困難的程式呢……？

突然，她想起青年和她網路聊天的內容。

〈妳會成為這個世界的女王。只要能讓妳高興，我什麼都願意做。〉

「……我想要保護妳。」

螢這樣喃喃自語道。她想起坐在電腦前，看那個青年解說奈米女王的用法。

〈咦？不會動啊！什麼？還要輸入密碼？〉

〈不是妳想的那樣啦。先不說那個，小螢，妳喜歡聽哪一種音樂呢？〉

〈那種事根本不重要吧。快點教我怎麼用啦。〉

〈嗯、嗯嗯，可是我——〉

這位青年是個很內向又不懂得如何表達自己的人，他不知道該如何將自己的感情表露出來，讓對方明白。

螢用右手的食指，在鍵盤上一個又一個地輸入文字。螢幕上，則是出現了一連串的＊形符號。

雖然符號非常小，但是，她充滿信心地對著螢幕說：

「他想要的不是復仇，所以他選擇了別的字眼。對，就是對我的感情——在我向他詢問密碼的時候，他就打算說出口了。他故意要製造這種非說出來不可的特殊狀況，逼迫自己……說出這一句話。」

螢輸入了【hotaruchandaisukidesu】。

【我最喜歡小螢了】

在按下ENTER鍵的時候，4個液晶螢幕就像當機一樣，突然一動也不動，之後，CPU才再度開始運算。

幾秒之後，主螢幕上出現了這樣的訊息。

【奈米女王啟動中】

螢的眼眶中聚積了淚水，沿著她的臉龐滑下，滴落在鍵盤的空白鍵上。

「真是個超級噁心的傢伙，居然設定這句話當密碼。這種蠢事……居然也幹得出來。雖然頭腦非常好，可是，精神年齡卻比小學生還不如。」

螢的眼淚停不下來，就像在為她所犯的罪懺悔似的，然後，她用手背抹去了眼淚。

電腦螢幕上，出現了【報復程式執行中】這幾個字。

就在這一瞬間，全國所有在網路留言板上輸入訊息的人，都停下了打字的手。因為，留言者的匿名代號，突然改變了。

「為什麼變成真名了？」

「原本是匿名……變成老爸的名字了。」

「嘖！怎麼變成這樣！個人隱私呢？」

【935：三浦隆　6／11星期五18：30：ID：Pa7+TDJG　處男閉嘴啦wwwwww把右手當女朋友的傢伙wwww去抱充氣娃娃吧。】

【936：半田哲郎　6／11星期五18：31：ID：Ph27+KJA　你是來討戰的嗎？我都不知道上過多少女人了。你才是處男吧。】

那些以父母的名義來申請網路和手機的人，則是顯示出父母的名字。

下一瞬間，全國的電話同時響了起來。

「快點把那個留言撤掉！誰是處男啊？我宰了你喔！什麼右手是女朋友，你腦筋有病啊。沒想到居然是你——找死啊！你根本沒有女朋友吧！」

「……從以前我就看你不順眼了。你這傢伙每次都瞧不起人。」

「我現在就去你家，你給我等著！別逃啊！」

「誰要逃啊，來就來啊！」

隆雖然用凶惡的語氣如此威嚇對方，但是，握著腳踏車大鎖鑰匙的手，卻止不住顫抖。

從國王遊戲展開的6月8日起，所有在此之後輸入的留言，都清楚地顯示出真實姓名。

【《佐藤隆之》那些高中生反正沒什麼價值，連害蟲都不如www。】

【《梶原奈奈子》不敢出面，只會虛張聲勢的傢伙。匿名女C。】

【《中田雅司》閉嘴！饒不了你們。】

至於陷入搜尋國王的獵殺女巫行動的九州……

【《高尾千加子》烏合附屬高中的村澤美佳很可疑，快點調查她。】

偶然看到網路留言板上文字的女孩，突然驚訝得叫出聲來。

「美佳和千加子，她們不是上同一所學校的好朋友嗎？」

而留下這則留言的高尾千加子本人，則是顫抖地看著同一個留言板。

——都是美佳不好！都怪她色誘我喜歡的人！她明明知道，我很喜歡那個男孩子……

高尾千加子用抖動的手指操作滑鼠，捲動網頁。

「嗄！命令3說要【將全日本20歲以上的人類消滅】，沒想到在發言慫恿大家殺死20歲以上的人之中，居然有政府的人！而且就是在電視上說『絕對不可以殺人』的那個人！這會引發大問題吧！」

第2章

命令4

6/11 [FRI] PM 07:01

【6月11日（星期五）晚間7點1分】

原本只是隱約聽見直升機螺旋槳發出的啪噠啪噠聲響，隨著時間經過，聲音也變得越來越大。

在六本木新城住宅大廈內一間公寓的玄關門前，警視廳搜查一課和網路犯罪對策課的警官們已經就位待命，圍成了一層又一層的人牆。

最外圍的警官，發現廣瀨走到了他的身後。

「就是這一戶。」

他緊張地這麼對廣瀨小聲說道。

廣瀨沉默地點點頭，看看手錶確認時間，然後撥開人牆，走向中央。

——我有一股不祥的預感……可是，就怕心急反而壞事。

廣瀨有點猶豫。究竟該隔著門，勸說犯人合作？還是該直接攻堅突破？

——犯人懂得讓電梯停止運作，這麼說來，這傢伙應該知道我們已經侵入大廈內部了。對方早已做好了準備，這點無庸置疑，當然，這也顯示出犯人不肯配合的態度。

透過無線電，傳來了最新消息。直升機已經抵達屋頂，SAT在屋頂就位，照預定計畫，可以從屋頂垂降，直接由窗戶攻入室內。

『……公寓……周邊已經完全隔離……為了保險起見……準備了……催淚彈。』

SAT的隊長斷斷續續的語音透過耳機傳了過來。

「先不要用催淚彈。要是只有當事人能操作電腦，或是電腦設有密碼的話，那就麻煩了。還要幾分鐘才能攻堅？」

『2分鐘。』

「我會先按電鈴，吸引對方的注意，你們再趁隙攻堅——重申一次，絕對不能讓犯人自殺。一定要活逮那傢伙，完整取得整個系統。還有，小心電源線。」

臉上露出帶有邪氣微笑的螢，對著電腦螢幕，喃喃自語著。她臉上的淚水已經乾了。

「我繼承了舞的意志，而勇氣你則是建立了豐功偉業。你的意志將會在我的體內繼續存在著，和舞一起……我要操弄這場國王遊戲，讓大家在我的面前跪地求饒，違逆我的人都要死……」

那個被螢所殺死的青年，名字叫做佐久間勇氣。

廣瀨又收到了無線電聯絡，那些從屋頂垂降的SAT隊員，已經抵達陽台的高度了。

『已經抵達陽台，準備完畢了。因為窗簾是拉上的，所以無法確認室內狀況。』

廣瀨按下無線電通話鍵。

——沒必要交涉了，對方不是那種隨隨便便就會答應我們開出的條件的傢伙。

玻璃碎裂的聲音，越過玄關大門傳到廣瀨耳中。

「別動！我們不會傷害你的！」

在雜亂的腳步聲中，聽到ＳＡＴ隊長如此大喊。

過了30秒後，身上穿著重達20公斤防彈衣的ＳＡＴ隊員，打開了玄關大門。

「犯人呢？」

廣瀨對著那名開門的隊員怒罵，隊員只是搖搖頭。

廣瀨和警官們直接進入室內，沒有脫鞋，完全不在乎是否留下鞋印。

玄關的走廊另一頭，是個寬廣的客廳。天花板上吊掛著豪華燈飾。客廳中央有個大沙發和茶几，還有葉子如同長劍一般的觀葉植物象腳王蘭——可是，沒發現人的蹤影。

廣瀨慎重地打開房門，一間一間檢查。

「這是最後一間了。」

面露緊張神情的ＳＡＴ隊員，一鼓作氣扭開了最後一個房間的門。

房間的一角，只見到一個電腦螢幕。房間深處的加寬單人床上，躺著一個人。從身形體格來看，像是個年輕男性。

那個男性的頭部，已經被人從身軀上割下來了。而且，為了不讓人認出死者是誰，臉上遍布著傷痕，頭髮也全被剃光了。

廣瀨皺起眉頭，把目光從屍體上移開。

「怎麼會這樣……」

他歪著臉這麼說道，然後走到電腦前，盯著螢幕。

畫面上，顯示著【輸入命令＊執行下一道命令】的文字。

「還有共犯嗎？是窩裡反，殺了同夥嗎？——這個死者，究竟死了多久？」

「推算應該有24小時吧。」

「犯人有可能還躲在屋內，快點搜索。」

「我們已經徹底搜過了，一個人也沒有。」

「是單獨犯案嗎？這到底是怎麼回事？」

廣瀨再一次瞪著電腦螢幕。

——【輸入命令＊執行下一道命令】……犯人能夠自由編寫國王遊戲的命令嗎？……這實在太可怕了。

看著螢幕的廣瀨，忽然覺得有哪裡不對勁。

——我們今天才偵測到犯人使用鍵盤在電腦上輸入文字，也因此查出了犯人的位置。從現場的狀況看來，犯人不只一人，應該是內訌而殺害同夥。網路犯罪對策課之所以能確認這個地點，原因是犯人一再地用鍵盤輸入文字，而且多達數十次。這麼說，是在輸入密碼囉？為什麼犯人要重複輸入密碼那麼多次呢……？

如果有共犯，而其中一人不知道密碼是什麼，從這點來分析，大致有兩種狀況。

1．其中一名犯人擅自設下了密碼，讓電腦無法任意使用。於是，同夥對他逼供，想要問出密碼，但是他抵死不從，結果被同夥不慎殺害了。

2・其中一名犯人想要獨佔這個系統，所以殺死了同夥。可是，在殺害之後，才發現電腦設下了密碼保護，於是，氣憤不已的犯人開始對屍體施暴，甚至把臉毀容，不讓人看出死者是誰。

自由操弄國王遊戲的命令——這是多麼可怕的陰謀啊。由此伴隨而來的權力是那麼的龐大，以致於犯人和共犯都想據為己有，因此引發了內訌。

——可是，犯人和同夥照理說原本是朋友才對，殺了對方之後，還刻意毀容？這是帶有私人恩怨才會做的事。這麼做一定帶有什麼含意。不讓人辨識出犯人是誰——這麼做的理由是什麼呢？

這時，客廳那邊傳來了叫喊聲，把廣瀨的魂魄給喚了回來。

「廁所裡發現了一具遺體，是女性。看來像是未成年。下顎有槍擊的痕跡，從狀況看來，應該是自殺。」

廣瀨沒有因此把目光從男性遺體上移開，他只是大聲地回話問道：

「這間公寓是誰簽約租下的？」

「是用法人名義承租的。租賃者名字寫著海洋娛樂株式會社，是ＩＴ企業。公司老闆是佐久間富男。」

「男性死者的名字呢？」

「由於沒有能夠界定身分的物件，目前還不清楚。」

「女性死者的名字呢？」

「她也沒有可以佐證身分的物件，所以還不知道。不過，她和男性不同，她的臉上沒有外傷。」

這時，已經坐在電腦前方，開始喀噠喀噠地操作的網路犯罪對策課調查員，抬起頭來說：

「電腦被設定了密碼，無法啟用——嗯？奈米女王？這是什麼？」

搜查一課的刑警則附在廣瀨耳邊小聲地說：

「女性殺害了男性，然後女性用槍畏罪自殺，這樣說得通嗎？」

「我覺得不是這樣。」

「我想也是。」

廣瀨還是覺得很詭異。他環抱起手臂，閉上眼睛，陷入苦思。

——假如能算出女性死亡的時刻，說不定可以解開這許多謎團的其中之一。

「女性已經死亡超過24小時了。」

從廁所那邊，傳來了警官報告的聲音。

廣瀨已經確定了。

——男性和女性的遺體，都已經死了超過一天以上。可是，用電腦輸入密碼的行為，卻是在幾個小時之前。換句話說，共犯還有另外一人。那個人故意把現場布置成同夥內訌，然後一個人逃走了。

廣瀨對著他身旁的搜查一課刑警這麼說：

「因為那名共犯不知道密碼，無法啟動，所以一個人逃走了，這樣想是不是比較合理？可是，想要逃出這間公寓幾乎是不可能的事。所以另一名共犯，必定還躲在這間公寓的某處才對。搜索犯人的事就交給搜查一課了。網路犯罪對策課則是全力投入破解國王遊戲的控制系統。」

搜查一課的刑警點點頭。

「犯人不希望死者身分曝光，一定有什麼隱情。就從這個方向去調查。佐久間富男的孩子就是犯人的可能性極高。快去查明被這兩個死者的身分。」

【6月11日（星期五）晚間8點17分】

早已走出六本木新城的螢，停留在六本木市街小巷裡的《New Club OMEGA》。這裡原本是女性約男性來喝酒的酒吧，但是現在店內早已空無一人。

螢把粉紅色的筆記型電腦夾在腋下，在店裡尋找可用的插座。

——這樣的一個女孩……過去沒有人會在意的我，竟然取得了足以威脅全人類的力量。我想怎麼惡整那些刑警都沒問題了。

睜開眼睛的螢，發出了高亢的笑聲。她取得了絕對的力量，而且開心得沉溺其中。

廣瀨和搜查班攻堅的地點，是六本木新城住宅大廈的R棟。

R棟屬於長期租賃型的公寓大廈，勇氣的父親在這裡租了一戶，用來金屋藏嬌，提供他的外遇對象居住。

在搜查過程中，有越來越多的資訊浮出水面，根據情報指出，佐久間富男為外遇對象租了這間公寓，每個月還給她300萬圓花用。佐久間富男想要用年輕的女性肉體滿足他扭曲的慾望，而外遇對象，則是提供自己的身體，藉以換取金錢。

他的兒子勇氣，知道父親另結新歡，似乎為此感到苦惱不已。他把自己封鎖起來，也是因為這個緣故。

父親背叛了生下我的母親，用金錢去買年輕的肉體。父親和母親，不是曾經立誓要一輩子相愛嗎？

當父親對母親不再感興趣時，母親就跑去美容中心，注射玻尿酸，三餐也非常節制，大概是想要維持美妙的身材吧。這一切都是為了成為一個能夠讓父親回心轉意的美女，母親對此投注了相當大的心力。

肉體的外遇可以原諒，但是心靈的外遇不可原諒——母親的眼眸，似乎在訴說著這一點。可是，父親卻把母親當成過了賞味期限的食品，毫不在意地丟棄。

勇氣看過22年前結婚典禮時，母親身穿白紗禮服的照片，真的很漂亮。可是——現在的母親不管怎麼努力，都喚不回父親的愛，因為年華老去的緣故。

女人不是玩物，也不是插在花瓶裡的花朵。

所以青年發誓，絕不要變成像父親那樣的男人。一定要一輩子只愛一個女人，白頭到老。

——雖然從未親眼見過螢，但是我發誓，我一定只愛妳一個人。這是因為妳願意傾聽我訴說那些我從未對他人說過的話。我絕對不會背叛妳。什麼是愛？愛就是那份永遠不會枯竭的情感，不是嗎？

螢和勇氣所在的地方，是六本木新城住宅大廈的S棟。

S棟和R棟比鄰而立，當警方探測出網路連線的所在地時，欺敵的程式就已經啟動，導引警方前往R棟，這是青年事前就規劃好的。

在R棟那裡，有一對無法判別身分的男女遺體。勇氣所列舉的「復仇名單」裡，有多達十幾個名字，都是在學校裡霸凌過勇氣的人，而R棟的死者，中田俊明和菅美香——就是被列在這份復仇名單的前兩名。

勇氣的計畫，是把警方引向R棟，他們會在那裡發現兩具遺體，導致調查陷入混亂。這時，他就有足夠的時間逃脫了。

這個作戰計畫，確實成功了。

只不過，他怎麼也沒想到，自己會被螢給殺害。這一點是他始料未及的。

廣瀨在R棟的房間裡，看著那具已經被毀容的男性遺體。

——是有強烈的私人恩怨嗎？還是不希望自己的身分因此暴露？究竟是哪一種情況呢……

廣瀨的手機響起，是秘書官杉山打來的。

『佐久間富男的小孩叫做勇氣，佐久間勇氣。目前因為拒絕上學而賦閒在家，沒去上高中。據說他父親有意在明年春天送他到國外去留學。』

「這名死者是佐久間勇氣嗎？」

廣瀨這樣喃喃自語。

『這我就不清楚了……對了，首相下令，要您立刻返回首相官邸。他好像非常生氣的樣子，在質問網路留言板發生的事情。』

「網路留言板？」

廣瀨臉上浮現出訝異的表情。

『這次的事件，有可能造成全球的金融風暴，所以首相要求盡快找出對應之道。原本經濟基礎已經搖搖欲墜的美國，如果再承受一次打擊，就會引發大規模的金融崩潰，全球經濟都會因此而毀滅。』

早在幾年前，世界經濟崩潰的警鐘就已經開始倒數計時了。

雷曼兄弟破產引發了全球經濟危機，美國出現15兆美元的驚人財政赤字，希臘國債違約，中國經濟泡沫崩潰，日本經濟則因為國王遊戲而嚴重衰退。

全球的經濟惡化現況，已經到了無計可施的地步。全世界的股市都湧現賣壓，股票價格暴跌，日經平均股價指數和ＴＯＰＩＸ也同樣跟著大跌。

大企業檢討著如何裁減更多員工，幾百萬名高中生死亡，許多成年人離開了日本領土，這些都隨時會演變成經濟危機。

狀況正在迅速惡化當中。

同一時刻，在瑞士的日內瓦，先進國家元首正在舉行會談。這是極機密的會議，日本政府被排除在外。元首會談的內容，似乎都指向唯一的結論。

廣瀨緊閉著眼睛，咬緊牙關。

——現在最重要的是——這個能夠控制國王遊戲命令的人物，稱之為天才應該不為過吧？一定要快點找到這個人，把這個系統裡所有相關的人都清查出來。

「快點查出遺體的身分！交友關係也不能放過。」

他對著手機大喊的同時，客廳裡的搜查一課刑警大喊道：
「佐久間富男還有另一間公寓，也是用公司名義承租的……」
廣瀨猛然回頭，抓著那名警官質問：
「在哪裡！快點說。」
「就在隔壁棟，六本木新城住宅大廈的S棟。」
廣瀨的臉僵住了，他那不祥的預感成真了。
廣瀨重新審視房間。這麼說來，室內飄盪著一股香氣，而且裝飾非常簡潔，看起來應該是女性的居所。
這裡的租金，可不是一般女性可以付得起的。
打開衣帽間，裡面掛滿了各式洋裝，還有許多名牌皮包。抽屜裡則是放著女性的華貴內衣。最底下的抽屜，只放著幾件男性用的內衣褲。
「錯不了！這是佐久間富男外遇對象的愛巢——快點封閉隔壁S棟的周邊出入口！犯人躲在S棟。」
廣瀨和警官們趕忙離開房間，衝向六本木新城大廈的S棟。
15分鐘後，廣瀨一行人抵達了S棟25樓佐久間富男的自家宅邸。一如預期，屋內沒人應門，特殊搜查班打開了門，廣瀨等人立刻衝進屋內。
一打開門，眾人就逐一搜索房間。有一間房間的門開了一條縫，十多條LAN網路線從那裡延伸出來，一路通向屋內的走廊。

循著網路線的方向走，會發現走廊上的線被人中途切斷了。

廣瀨打開房門，走了進去。那裡並排著5個液晶螢幕，靠牆的床上，倒臥著一個咽喉被割斷的男性遺體。遺體發出腐臭的血腥味，卻又飄出陣陣玫瑰的清香。

廣瀨開始搜尋能夠辨識遺體的證據。

打開電腦桌的最上方抽屜，看到了學生手冊，姓名欄印著『佐久間勇氣』，照片和遺體的臉完全相符。

「犯人是這傢伙。——可是已經被殺了。R棟的兩具遺體是誤導辦案用的，我們都中計了。」

廣瀨後悔不已地說道。

〈我最痛恨你這種拿父母的錢，住在高級公寓的富家子弟了。〉

殺死勇氣的螢，曾經這麼說過。

但是勇氣則是極度憎恨用錢來買年輕女人、棄母親於不顧的父親。也極度憎恨金錢。

假如勇氣能夠生在一個普通人家，說不定——

「這個少年，說不定是故意把我們引到R棟去，想讓他父親的醜態曝光。在自家的隔壁大樓租屋作為愛巢，的確是有違一般人的常識。當然，他希望自己的外遇對象就住在隨時可以去的地方，也是不難理解啦。

父母親總是將目光放在孩子身上。可是，孩子卻用更銳利的目光，看著父母親的一舉一動

——這個少年的思考模式，的確相當複雜，而且深沉。這個孩子……真希望他能活下來。」

廣瀨一直盯著那具屍體，不自覺地說出這段話來。

超乎常識所能衡量的事件，是由超乎常識的頭腦所想出來的。網路犯罪對策課的調查員們，則是把焦點放在控制國王遊戲的電腦系統上，但是大家都抱著頭陷入了苦思。

當廣瀨問及系統的詳情時，他們只說：

「這和過去發現的不同，有可能是新的程式。」

這樣的回答顯然不符合廣瀨的需要。

廣瀨用強調的口吻，對網路犯罪對策課的調查員們說：

「務必在今晚23點之前，破解這個系統。」

但是組長卻驚愕地抬起頭來。

「——這不可能啊。」

「你知道現在的狀況吧。你也有小孩吧？」

「是！我有個在念中學的兒子，還有一個在念高中的女兒。」

「你想要保護他們吧。」

廣瀨忽然間改用溫和的語氣這麼提醒。然後，他對站在門口的搜查一課警官下達指令：

「快點和佐久間勇氣的父親取得聯繫。」

這時，他西裝口袋裡的手機突然響起。

「我是廣瀨。」

『工藤智久和渡邊修一逃出去了！非常抱歉，廣瀨長官。』

「混帳！你們在混水摸魚嗎！他們為什麼會突然逃走？之前他們說過願意協助我們不是嗎！」

『渡邊修一的手機收到了一則簡訊，結果就……』

「你不明白工藤智久對我們來說有多麼重要嗎！全力搜索！立刻把他們帶回來！」

氣氛轉變得太快，一股不安的氣息蔓延在空氣之中。那兩名高中生被扭曲的命運，正被導向某個未知的領域。

智久和修一離開千代田區的首相官邸後，朝著赤坂的方向奔跑。

修一轉頭看著跟在他身後的智久，對他笑了笑。

「沒想到這麼輕鬆就逃出來了。他們大概沒料到我們會逃走，所以一點難度也沒有，真是一群蠢豬。」

「警備這麼薄弱，或許是因為那些逃到海外的大官，還沒有返國的關係吧。」

「大概是吧——你看左邊，那裡是有名的六本木新城呢，好壯觀啊！」

——終於可以見到那傢伙了。就算是犧牲性命，也一定要把友香給搶回來！

修一在心裡偷偷地發誓。

「現在你還有心情觀光嗎？你和海平約好的會面地點，是在赤坂劇院吧。」

「對啊，海平和友香都在那裡——喂，智久，等到事情告一段落，我們就順便在東京觀光一下吧。可以帶友香去迪士尼樂園玩喔。」

「嗯嗯，就去看看吧，當成是美好的回憶。我們可以盡情地玩個過癮，就像是把整個迪士尼樂園包下來一樣。」

智久一面笑著一面說道，但是他的臉上，卻透露出一絲落寞的神情。

30分鐘前，海平在電視上看到了修一的轉播畫面，所以拿出手機打電話給他。

然後說：「我們見個面吧。」

海平心裡盤算著，等到他們趕來之後，說不定可以利用什麼方法，好好玩弄一下這兩個人。

只有他們兩人前來，不能帶其他人，才會把友香交給他們。這是海平開出的條件。

當然，他也沒忘了補上一句：「要是不遵守約定，就把友香給殺了。」

智久和修一並不知道，這時廣瀨正在六本木新城進行搜索，而螢就躲在六本木的某個大樓內。

只要走錯一步，就有可能和廣瀨或是螢擦身而過。

擁有終結國王遊戲能力的智久、被當成全國高中生代表人物的修一、有辦法操弄國王遊戲的螢，還有——海平。

這四個人，似乎被強大的因緣牽繫在一起。或許，這就是他們無可逃避的命運吧。

【6月11日（星期五）晚間9點33分】

智久和修一抵達了赤坂劇院前方。

站在廣場上的智久，環顧四周，一個人都沒有，修一則是打電話給海平。

海平就像是個等待女友電話的男孩子，才響一聲就迫不及待地接起了電話。

『你們已經抵達赤坂劇院了嗎？能請智久聽電話嗎？』

「頭上只有兩根毛的『磯野海平』要跟你講話。」

修一用很認真的表情說出這句玩笑話，然後把手機扔給智久。

「我是智久。」

『修一好像很討厭我的樣子。名字是我父母親為我取的，拿來開玩笑，太幼稚了吧。還有，拿別人的身體特徵來開玩笑，也很惡劣。難道皮膚黑一點、有體臭的人，就活該被人叫蟑螂嗎——修一侮辱了我兩次，真是個幼稚又單純的傢伙。俗話說，再好的朋友也要懂得拿捏分寸——抱歉，我離題了。友香現在可是在我手上喔。』

「誰跟你是好朋友！友香呢？她沒事吧？」

智久的吼聲傳遍了無人的廣場。

『她的狀況還算好——對了，我有件事得要跟智久說。你還記得岡山的反田高中音樂教室

※註：磯野海平是長壽卡通『蠑螺小姐』裡的禿頭伯父角色。

嗎？那裡有好多好多屍體呢。』

「記得。」

『我想你大概猜得出來吧，他們都是我殺的——還有，工藤智久同學，你的父親也是我殺的。』

「……什麼？」

智久驚訝得無法接話。

『你先別急著生氣——少年犯不是都被關起來了嗎？你一定是這麼想的吧。不過，你再回想一下廣島縣所有高中生要移動到岡山的這一道命令。我身上穿的制服，其實是我殺了一個跟你念同一所高中的學生搶來的。畢竟，穿著囚衣不方便在外頭走動嘛。』

「你為什麼……」

智久睜大眼睛，瞪著周遭的黑暗。

『為什麼要殺死你的父親？你要問這個嗎？這該怎麼說呢，說得淺白一點，就是我看不慣他這種人，就這麼簡單。不過，我跟你還沒完呢，我還要奪走你最珍愛的東西。』

「你要是敢對友香不利，我絕對饒不了你！你應該很清楚才對！」

『我剛才不是說了，叫你別急著生氣嗎？』

「……你為什麼現在跟我說這些。」

『當然是有重要的目的啊。智久，有件事你必須知道，我不希望你誤會我。假使當時我不在音樂教室的話，友香就會被殺死了，救了她一條命的人是我啊！』

海平繼續用他輕浮的口吻說道：

『這麼一來，你能夠瞭解我是什麼樣的人了吧？這是對你的威脅——說老實話，我和友香現在還在岡山縣的笠岡市。照現在的情況看來，新幹線到明天早上也不見得會復駛。所以囉，要請你拜託修一，派一架直升機來這裡接我們，好不好？以修一現在的地位，跟政府官員說一聲，應該很容易吧？

我這個人啊，就是喜歡看熱鬧。所以，想跟在你們身邊。畢竟，你們是這前所未見的重大事件核心人物啊。要是我能夠因此得到地位，就可以名留青史了。』

「我懶得幫你說，你自己去拜託修一。」

『如果我拜託他，他一定會拒絕吧，還不如智久你開口比較有效。你不是修一的好朋友嗎？』

智久擔心地朝修一的方向瞄了一眼。

『只要能達成這項條件，我就把友香還給你。要是不答應的話……我就強姦她、殺了她。畢竟我在少年觀護所裡，都沒有機會觸碰到女人，所以越來越難以忍耐了喔。再說，現在的友香，根本沒有反抗的力氣。』

「……我明白了。」

智久咬緊牙關，不甘願地說。

『真是聰明的答案。再來是我個人想要問你的問題。智久，你對國王遊戲瞭解多少呢？』

「……我什麼都不知道。」

智久說了一個謊話。

過去，曾經發生過多次國王遊戲。而且，過去曾經被捲入國王遊戲的金澤伸明，他的意志和意識，都由自己繼承了下來，這是一股能夠為國王遊戲劃下休止符的力量——

但是智久沒有說出口。

『……喔，是嗎？』

海平似乎透過電話，從智久片刻的猶豫中，察覺了一些異樣。

——智久，你在隱瞞些什麼嗎？算了，反正之後我有很多時間可以慢慢問你。

智久用顫抖的手，握緊了手機。

——只要海平把友香帶來，我就馬上把她搶過來。絕不能屈從於這種卑劣的人。那傢伙鐵定會說話不算話，利用友香當作籌碼。答應了這個要求，他又會提出其他的要求。

掛斷電話之後，智久把海平的要求說給修一聽，並且拜託修一向廣瀨提出這樣的建議。修一毫不猶疑就接受了智久的請求。

——我才不想得到什麼地位，也不想名留青史。就算要頒發國民榮譽獎給我，我也會拒絕吧。接受那樣的表揚，對我來說根本是難以忍受的沉重負荷。我會太過在意周遭人的目光，以後就不能去參加聯誼，也不能隨地小便，從此再也不能做出蠢事了。

「相較之下，我更想要的是女朋友呢！」

於是修一打電話給廣瀨。

「抱歉，我們擅自跑出來了。」

在致歉之後，修一說明了海平提出的要求。

『你們到底明不明白，自己現在所處的地位有多麼重要！今後不要再這樣擅自行動了，我希望你們能懂得自重。』

「真的很對不起——那個……可不可以立刻去岡山把友香接過來呢……」

『你們現在在赤坂嗎？先回首相官邸去——不、你們知道六本木新城在哪裡嗎？就在你們眼前不遠，從那裡應該能看到才對。你們走到六本木新城，先跟我們會合，確保你們的人身安全。』

「……我知道了，我們馬上過去。」

修一掛斷了電話。兩人立刻朝六本木新城的方向前進。

——為什麼廣瀨先生不在首相官邸，而是跑到六本木新城去了呢？

修一腦海中浮現這個疑問，不過，他隨即轉念，因為現在的首要任務，是盡快救出友香。

在前往的途中，他們走進了一條酒吧林立的巷弄，突然間，修一停下了腳步，結果走在後方的智久一個不留神，撞上了他的背。

「你幹嘛突然停下來啊，修一！」

「對不起、抱歉。你看那邊，有個女生耶——」

「那個女生在這裡做什麼？」

順著修一手指的方向看去，有個身穿針織蕾絲罩衫、搭配著白色緊身裙的少女站在那裡，她雙手抱著像是很珍貴的東西，抬頭望著天空。

在深夜的鬧區，獨自佇立的一名少女。

少女發現智久和修一在看她，隨即轉身打算離去，可是，沒走多遠，她又停了下來。

少女像是想起什麼似的，轉過身來，跑向智久和修一。

「請問——」

少女停在修一的面前，她手上抱著的，是一台粉紅色的筆記型電腦。

「你是渡邊修一嗎？」

「是啊，妳怎麼知道我的名字？」

「果然沒錯！我看到你上電視了喔。我們這些不知何去何從的高中生們，看了你的現場轉播，都產生了活下去的勇氣呢。——從那時起，我……我就變成修一的粉絲了！原來你本人比電視上還帥呢！啊、對不起，我的名字叫國生螢。你可以叫我小螢。」

修一臉上的表情逐漸鬆懈下來。

「妳……妳是我的粉絲？我很帥嗎？——這麼可愛的女生，居然是我的粉絲耶。」

他用羞紅的臉，對智久這麼說。

「我超喜歡你的！——你聽我說，我的父母親都被殺了，他們都是善良的好人，可是……正當我陷入沮喪的時候，是修一你給了我活下去的力量——但是我已經無家可歸了，只能一個人躲在這裡。我希望你能一直陪著我，獨自一人真的好寂寞。

修一，你一定要幫我！從我在電視上看到你的那一刻起，我就一直好想要見到你。」

眼眶泛出淚光的螢，上前緊緊地抱住了修一。

「現在不適合摟摟抱抱吧！」

智久用力拉扯呆滯的修一的手臂。修一這時腦袋已經一片空白，人中也拉得好長。

「玫瑰花的香味，好香啊。好白的皮膚，這麼可愛的女生抱著我……看來，變成有名的人，也會遇到好事嘛。」

「請你幫幫我，修一，我好寂寞。」

螢用可愛的眼神這樣訴說著。

智久再一次用力地拉扯修一的手臂。

「修一！」

「小螢的父母都死了，現在正陷入困境呢，你明白這種心情嗎？不能拋下她不管啊，怎麼可以見死不救呢！」

「你臉上的表情和你說的話，根本拼湊不起來啊。不要用這種色瞇瞇的表情說這些話。」

「不管你怎麼說，我都要帶著小螢一起走！我生在這個世界上，為的就是要遇見能夠真心相愛的女生。——你放心啦，這麼可愛的女生，不可能是壞人。她這麼純真，你看不出來嗎？」

「別被外表給騙了，海平就是最好的例子啊。」

「可愛又漂亮的女生，內心也是美麗的——沒問題啦，我絕對不會洩漏那件事的。」

一瞬間，螢的眼中閃過一道老鷹瞄準了獵物的光芒。修一和智久都沒有發現這一點。

螢身上所散發的玫瑰香味——是極度危險的女人香。

【6月11日（星期五）晚間9點56分】

結果，智久被說服了，兩人就這麼帶著螢一起走。

螢一直緊緊握住修一的手，她帶著畏懼的神色環視四周，拼命地跟緊修一。

突然間，螢停下腳步，拉著修一的手放在她的胸口。

「我好怕……」

「我一定會保護妳的，放心吧！」

修一的呼吸變得急促不已。

「噯，那件事是什麼事？剛才你不是有提到嗎？」

「……提到什麼？」

「不要跟我裝傻嘛。難道你們想騙我？該不會是要陷害我吧？我當然相信你們不是壞人，可是，誰知道會演變成什麼樣子呢。」

「妳想太多了。」

螢用不安的表情看著修一。

——雖然他看起來很單純，但是，口風卻很緊。看來，得再找機會重新問清楚才行。

螢和修一再次牽起手，一同前進。

「現在我們要去哪裡啊？」

對著一直前進的修一，螢這樣問道。

「我們要去六本木新城。妳知道廣瀨先生嗎？就是負責對抗國王遊戲的政府要人——真是奇怪了，為什麼不是直接回首相官邸，而是要我們去六本木新城呢？難道發生了什麼事嗎？真是想不通。」

螢停下了腳步。

——現在要去六本木新城？S棟大廈裡，有被我殺死的勇氣的屍體啊！不過，應該沒有人知道我是誰吧。而且沒有人想得到，身為殺人犯的我，會再度回到犯案現場。

哼笑出聲的螢，再度邁開了步伐。

——情勢真的演變得越來越有趣了。如果我能潛入政府中樞，那麼，我不僅可以自由控制國王遊戲的命令，甚至可以掌握日本的實權呢。把那些霸佔日本政府權力的老賊全都幹掉，創造一個新的日本吧。把全日本都打入可怕的無底深淵，我就能掌握政治的實權。我手上正握有這樣的神秘力量，白白浪費就太可惜了。

修一突然轉頭看著沉默下來的螢。

「妳怎麼了？」

「我、我沒事。」

——下一道命令早就已經輸入完畢了。那麼，再下一次——可得要好好利用才行。首先，要取得修一的信任。然後，把智久、修一、廣瀨……所有人都殺死。

螢用力抱住修一的背。

「謝謝你，修一，我最喜歡你了。」

修一的臉變得羞紅，不知該如何是好。但是，智久卻用訝異的神情望著螢。

【6月11日（星期五）晚間10點10分】

三人終於來到了廣瀨所說的地點，六本木新城的入口。修一拿出手機，打電話給廣瀨，告訴他已經抵達了。

不到3分鐘，廣瀨就出現了。他訝異地看著站在修一和智久身後的螢。

「這女孩是？」

「她叫國生螢，父母都被殺了，一個人在街上遊蕩，不知道該到哪裡去，所以我們就帶她來了。」

修一往前站出一步，拼了命地想要說服廣瀨。

「現在全國正在尋求幫助的孩子，多得不得了。」

「拜託你一定要幫忙啦！廣瀨先生，難道你要對她見死不救嗎？」

廣瀨走上前來，瞪著躲在修一背後的螢。

「既然人都帶來了，那也沒辦法，畢竟是修一的請求。」

他這麼說道，然後對著修一說：

「可是，以後別再這樣了。」

「謝謝您！」

修一和螢同時致謝。螢的臉上浮現出笑容，終於放下了心中的大石頭。廣瀨把手放在她的肩膀上，小聲地對她說：

「妳身上有玫瑰的香味呢，妳喜歡玫瑰嗎？」
「……是，因為我母親很喜歡。一聞到這個香味，就會讓我想起母親。」
「是嗎……」
廣瀨好像想起什麼似的，皺起了眉頭。
——在佐久間勇氣死去的那個房間裡，也瀰漫著血腥味和玫瑰的香味。那必定是犯人為了掩蓋勇氣的血腥味，而灑上了香水，結果兩種味道就這麼混合在一起了。
廣瀨看著智久。
「我們已經派出直升機，要去接友香了。雖然不知道需要多久才會抵達東京，不過，應該花不了多久才對——至於綁架友香的那個叫日村海平的少年，則是要求把少年觀護所的管理員一併帶來，大概是要報仇吧。」
智久臉上浮現出果不其然的表情。
「我們當然不可能答應這種要求。」
說完，廣瀨又把視線轉回到螢的身上。從她的腳部、腰部、胸部到臉部，全身仔細掃視一遍。接著，他走向螢，拉起她的手，把她拉到稍遠一點的地方。
「有一個人，能夠自由操弄國王遊戲的命令。關於這件事，妳有什麼看法？」
「原來世界上真的有這種會做出可怕事情來的人啊。」
「妳難道都不會懷疑，怎麼可能有人做得到這種事嗎？」
「……呃，我當然也會這麼想啊。」

廣瀨用懷疑的眼神看著螢。

「妳好像不怎麼驚訝的樣子。不過，我真的很訝異——我作夢也沒想到，一個未成年的少年居然能開發出那種系統。」

可是，螢並不畏懼廣瀨的目光，她毫不在意地問道：

「……這麼重要的事，能夠毫不避諱地跟我說嗎？不怕洩密嗎？」

「當然不能隨便洩漏，這是絕對不能公開的極機密事項。知道這件事的只有極少數人，也包括犯人在內。」

螢此時彷彿要逃離廣瀨的視線般，跑到修一的身邊去，緊緊抓住他的手臂，然後把他拉到樹木的黑影之中。

修一對廣瀨投以不解的視線。

「妳怎麼了？廣瀨先生跟妳說了什麼？」

螢在修一的耳邊小聲說道：

「我好怕那個人。他好像隨時都用鄙視的眼光在看別人——嗄，修一，你知道要讓女生敞開心房的條件是什麼嗎？」

「嗄？我不知道。」

「就是要先向對方敞開心房，這麼一來，對方自然就會對你敞開心房。戀愛也是這樣。不把自己的心門打開的話，對方也不會打開心門接納你。所以，我們不應該有所隱瞞——這是我死去的母親教我的。

我問你，那件事究竟是什麼事啊？剛才你跟智久提到的那件事。」

是不是到了應該跟螢說明真相的時刻了呢──修一低著頭，有些躊躇。

「這樣隱瞞不好喔。我是如此相信修一，不管發生什麼事，我都會永遠相信修一。因為你救了我，這份恩情我一輩子也不會忘記。可是，我們不該隱瞞對方啊。尤其不該隱瞞著我。所以，你也應該要相信我才對。說嘛，那件事究竟是什麼事？」

修一下定決心抬起了頭，看著螢的臉。

「……其實，智久擁有能夠終結國王遊戲的力量。國王遊戲並不是第一次發生，以前也曾經發生過。以前曾經經歷過國王遊戲的金澤伸明，他的細胞和意志，已經被智久繼承下來了。」

「……終結的力量？」

「對，現在智久的體內正在製造能夠為國王遊戲劃下休止符的抗體。」

──命令4．殺了金澤伸明。殺死金澤伸明的人，就能從國王遊戲中得到解放。

螢在內心複誦這道命令，然後，用帶有殺意的眼神看著智久。

──那個人……智久，擁有終結國王遊戲的力量，是最大的阻礙。金澤伸明的意志，在他的體內繼續存活下來。說不定，殺了智久，也一樣能夠從國王遊戲中得到解放。

心臟患有先天性疾病的螢，一直憎恨著把這種身體賜給她的母親。當她升上高中之後，螢接受了心臟移植手術，移植了佐竹舞的心臟。從那天起，螢的心境就改變了。就像一個完全不同的人格，佔據了她的內心一般。

國王遊戲展開的那一天，螢殺死了自己的母親。

——要不是移植她的心臟，我現在早就已經死了。我的生命早該結束，照理說應該已經不存在了。現在的我，再也沒有什麼好怕的了。

螢的臉上浮現一抹笑容。

廣瀨正在和搜查一課的刑警交頭接耳。

「快點去查清楚那個少女……國生螢的底細。絕不能讓她離開視線。還有，把那個念中學的金澤伸明帶過來。」

指示下達之後，廣瀨轉身面對智久等人。

「智久、修一、螢，你們能不能跟我來一下？」

【6月11日（星期五）晚間10點19分】

緊繃到極限的氣氛，在空氣中四處蔓延，這應該是廣瀨和螢兩人交錯的視線所造成的吧。

廣瀨低頭看看手錶。

——只剩下不到2個小時了……

廣瀨帶著三人，走向六本木新城住宅大廈的S棟，穿越大廳之後，正要搭上電梯時，廣瀨的手機響了，是採取智久體內細胞進行解析的東京文京區某大學附設醫院的教授打來的。

『廣瀨先生嗎？工藤智久現在狀況還好嗎？說實話，他現在居然還能活著，實在令人難以置信。我不知道該怎麼精確表達他現在的狀況，他的身體……內部正在溶解當中。體內所有的臟器都在溶解，我推測，有可能會變成一個完整的單細胞。或許溶解這個詞，才是最適合用來表達的字眼吧——

請您務必讓他再接受一次精密檢查。』

至於負責破解未傳送簡訊文字的國立研究所教授，則推測「那些遺留下來的文字，其實是新生命的設計圖」。那種新生命，雖然具有人的形體，不過並不是女人、也不是男人，而是第三種性別的遺傳基因結構。

那是細胞分裂就能創造新生命的無性生殖。那個孩子的體內，擁有和原本個體完全相同的遺傳基因，具有完全相同的特性——

廣瀨不可思議地看著智久的臉。

——臟器逐漸溶解，最後會變成一個單細胞……而這個細胞又會自行分裂，增加自己的後代——這是多麼可怕的一件事……接下來，究竟會發生什麼樣的事呢？

「之後的檢查請在官邸內進行。我們會把南會議室提供給各位使用。真是抱歉，請你們盡可能帶著相關檢驗器材到官邸去等候，我們這裡一忙完，就會馬上趕回去。」

這麼說完之後，廣瀨掛掉了電話。他擺出毫不在意的表情，帶著三人走進了勇氣所居住的公寓內。

進了勇氣的房間之後，只見網路犯罪對策課的4名調查員正在和電腦主機纏鬥，他們的額頭冒出汗珠，室內那股異樣的緊張氣氛，就像是正在拆除隨時有可能引爆的定時炸彈一樣。

廣瀨把蓋在勇氣屍體上的白布掀起，只露出勇氣的頭部。死者臉部表情安詳，甚至讓人誤以為他只是睡著了。廣瀨讓三人看過勇氣的臉之後，對著最後才看的螢這麼說道：

「佐久間勇氣，就是陳屍在這裡的遺體的名字。我們認為，這個青年就是導致國王命令延遲2分鐘的人——他已經完成了能夠自由操弄國王遊戲命令的系統，如今，我們正在搜尋殺害他的凶手。」

螢露出驚訝的表情問道：

「這個青年嗎？」

「沒錯。我們竭盡全力都無法破解的問題，這個青年卻辦到了。他的創造力和智能，遠超過一般人所能想像。如果他還活著的話，必定能創造出震撼全世界的新科技。」

「是誰殺的？難道沒有線索嗎？」

螢一面瞄著智久，一面問道。

「我們已經有些眉目了。在此之前，有個孩子得要介紹給你們認識。在他抵達之前，請你們暫時在這裡等候一下。」

大約過了3分鐘左右，公寓的玄關處傳來開門的聲音，接著，房間的門打開了，一名警官帶著一位少年走了進來。

廣瀨站到緊張不安的少年身旁。

「智久和修一都見過他，所以應該知道他是誰，他就是金澤伸明。」

廣瀨一邊說，一邊把房門關上。

「要不要來談談條件？」

廣瀨此話一出口，智久、修一、螢都不解地歪著頭。

「談條件？和誰談條件？」

最先開口的是智久。

這時，廣瀨的手機又再度響起。

「抱歉，先等我一下，我要接個電話——我是廣瀨。」

『已經依照廣瀨先生指示，把智久同學的母親帶到官邸了。要帶她去您那邊嗎？』

「麻煩你了。」

廣瀨用手擋住通話孔，然後望著智久。智久從沒見過廣瀨有這樣的表情，那是非常冷酷的表情。

「接受自己的死亡，這是非常困難的一件事。智久，你能夠辦得到，的確很了不起。你的母親，再過不久就會到這裡來了——她不斷地向我們拜託懇求，希望能讓智久從國王遊戲中得到解放。因為對母親而言，自己的孩子就是最珍貴的寶物。智久，難道你要讓你母親傷心嗎？」

智久瞪著廣瀨，兩手緊緊地握拳。

「我不希望讓她傷心。」

「看到母親在自己面前哭泣，一定會很難受吧。這裡有一位金澤伸明——我再說一次，在抗體完成之前，智久是絕對不能死的。」

廣瀨拿開堵住通話孔的手，再次把手機拿到耳邊。

「還有什麼要報告的？」

『還有那名少女——國生螢，她的母親似乎被人殺害了。死亡時間推測是在6月8日傍晚左右。發現遺體的地點是在國生螢的房間內。據推測，殺人凶手極有可能是國生螢本人……』

「謝謝你，真是辛苦大家了。」

『還有一件事——首相已經下達了命令，為了國家的未來，要開始挑選必須存活下來的日本人，準備把這些人才的種保存下來。』

「我明白了。」

廣瀨只說了這一句，就掛斷了電話。

「事態已經演變到比你們的想像還要嚴重的地步了。」

廣瀨輪流看著三人的臉，這麼說道。接著，他把視線對準了螢。

「螢同學，妳的母親已經被人殺害了，對吧？妳憎恨那個凶手嗎？」

「……是的。」

螢的眼眶中泛出薄薄的一層淚水。

「是嗎，這一定很難以忍受吧。真不知道該如何安慰妳才好……妳一定很憎恨凶手——話說回來，這個房間裡，為什麼飄散著一股玫瑰的香氣呢，妳不覺得奇怪嗎？

——沒有人想像得到，犯人居然會回到凶案現場，因為，犯人認定沒有人知道自己的身分。」

螢的臉上出現了動搖的神色。

「我們就來談條件吧。妳能不能告訴我，究竟有什麼目的？我並不希望用蠻橫的方法逼妳說出來。畢竟，妳手上應該握有國王遊戲的重要關鍵。」

「這話是什麼意思？」

「如果妳想一直裝傻下去的話，我也有我的打算。不管是對妳或對我來說，現在這一刻都是重要的關鍵。」

修一和智久對廣瀨和螢的對話毫無頭緒，只能呆立在一旁聽著。

螢的眼神開始游移，室內的氣氛即將點火引爆。

——這個男人應該不知道才對。他絕對想不到，我已經知道了智久體內寄宿著金澤伸明這件事。智久有能力為國王遊戲劃下休止符，因此對我來說，是最大的阻礙。現在的我，只要殺了智久，就能從國王遊戲中得到解放，接下來，我就能夠任意下達命令，只要不危及我自己，什麼命令都可以。這計畫太完美了……可是，只有一件事我不懂，就是眼前這男人究竟在盤算些什麼……。

螢瞇起眼睛，眺望著窗外的夜景。今天的夜景和昔日不同，市區裡只有零星的燈火。

「從這裡看出去的世界，真的好美。我……想要得到這個世界上最強大的力量。」

智久還是搞不清狀況，困惑不已。

——廣瀨剛才跟我說，要我動手殺死金澤伸明。可是，為什麼他又開始和螢談條件呢？他究竟是要和誰談條件？

螢緩緩地走向廣瀨。

——我絕對不會讓你稱心如意的。我手上的王牌，絕對不會交給你。這場遊戲，是對我有利的。

「我真的很害怕國王遊戲。我希望你能讓我殺了那位金澤伸明。」

「那就來談條件吧，妳願意把控制國王遊戲的電腦系統交給我們嗎？」

修一突然「嗄？」的一聲，然後看著螢。

「控制國王遊戲的系統……？小螢，這是什麼意思？妳在騙我嗎？」

螢並沒有回頭看著修一，而是認真地盯著廣瀨。

「我真的不知道你在說什麼。」

「螢，妳大概還不瞭解事情的嚴重性吧。在水面下，有超乎妳想像的事情正在發生。光是能夠支配國王遊戲，也拿不到什麼好處，就只是一場毫無價值的殺戮遊戲罷了。」

螢的臉上露出笑容。

「在水面下發生了什麼事呢？」

廣瀨慢慢走向窗邊，說道：

「就算我想說，也沒辦法告訴妳，因為我們也還沒有瞭解真相——現在唯一可以確定的，是日本必定會滅亡。在這個沒有半個人民的國家裡，妳想得到什麼呢？假如國家裡還有人民，那麼，妳可以得到地位和榮耀，也可以支配這個國家。

但是妳想一想，要是全世界的人都死光了呢？正因為有人存在，這個世界才有意義。如果只剩下妳一人，妳還是想當個孤獨的國王嗎？把這個世界變成只剩下妳一個人的世界，就是妳的願望嗎？」

大概是內心焦慮不已吧，螢開始啃起指甲。

「現在還來得及。如果妳願意協助我們，那麼，不管妳開出什麼條件，我們都會答應妳。我們不會逮捕妳，妳也可以過著妳夢想中的生活。我可以給妳保證。妳會變成拯救日本脫離國王遊戲的英雄，成為世人尊敬的大人物——假如妳拒絕的話，我就把金澤伸明的這條命交給智久，讓他殺死金澤伸明，無論用什麼手段。」

螢拼了命地思考該如何回答，這時廣瀨又補上一句：

「妳還年輕，還想要交男朋友對吧？還希望能夠過著正常的人生對吧？」

這時，廣瀨的手機又響了。是人在官邸裡的杉山，正在向廣瀨報告螢的過往經歷。

螢的心臟罹患了先天性重大疾病，只有心臟移植才能救得了她。可是，他們家並不富裕，無法送她出國接受手術。不過，很幸運的，過去曾經歷過國王遊戲而死去的佐竹舞，血型和抗體正好都符合螢的需要。

當佐竹舞跳樓自殺後，心臟一度停止跳動而被判定死亡，可是沒過多久又再度開始跳動。結果，心臟移植手術非常成功，螢也因此能夠延續生命，繼續活下去——

廣瀨掛斷電話，重新對螢勸說：

「命運就是這麼諷刺——螢，妳有機會能夠存活下來，就不應該活在殺戮世界裡，而是要掌握機會，去追尋自己的幸福才對。曾經快要熄滅的生命之火，再度被點亮了，這是多麼令人開心的一件事，這樣的喜悅和希望，難道妳都不想跟周遭的人分享嗎？」

廣瀨說著，把手放在螢的肩膀上。

「少囉唆！你這種在毫無煩惱的環境下長大、生活富裕的人，根本不可能瞭解！」

螢把廣瀨的手揮開，同時把插在書桌筆筒裡的軍用折刀抽出，迅速繞到智久的背後。她用右手手臂勒住智久的脖子，拿著軍用折刀的左手，則是用刀尖抵住智久的心臟。

螢的臉頰上滑下一滴汗水，她對著廣瀨大聲叫道：

「我都知道了！工藤智久的身體裡，寄宿著金澤伸明的細胞。你要看著我殺死工藤智久嗎？我才不希望國王遊戲劃下休止符呢！」

廣瀨瞪著修一。

「修一，你把秘密告訴這個女孩了？」

修一嚇得雙肩一抖，低下頭來，知道自己做了錯事。廣瀨確信是修一說的。當修一想要開口時，廣瀨伸手制止了他，面向著螢，打算開口勸說。

就在這一瞬間——

在智久毫無抵抗的情況下，螢拿著那把軍用折刀，指著他們揮舞。

「你們又對我瞭解多少！什麼喜悅、希望！我全都要奪走。我和舞之間立下了誓言！是舞的意志和意識，這樣告訴我的！」

——喂、不會吧？

修一睜大了眼睛。

智久發出了喘氣的聲音，幾秒鐘之後，僵局被打破，一陣哀嚎聲在房間內迴盪。

這短短的幾秒鐘，沒有人能夠出手制止。這是對接下來的局勢極具影響力的幾秒鐘。

【6月11日（星期五）晚間10點59分】

螢發出哀嚎聲，她手上的軍用折刀掉落到地板上。螢用左手按住自己流血的右手臂，原來，她拿刀刺傷了自己勒住智久脖子的那隻手。

螢當場跌坐在地板上，修一趕忙上前，不是要關心愣然站立的智久，而是要看看螢的傷勢。

「妳為什麼要刺傷自己的手呢！」

「我辦不到，我不能傷害別人……尤其是修一最重視的好朋友——對不起，我沒有犯任何的錯，可是，廣瀨卻一直想要把罪名強加在我身上……我心裡慌，才會突然失去理智——修一，你真是善良。我要拿刀刺傷你最重要的朋友，你卻毫不在意，願意關心我這樣的女生……我真的很對不起你。」

「……不是妳的錯。這很明顯是廣瀨在逼迫小螢，絕對不是小螢的錯。」

螢滿臉淚水地抬頭望著修一，她不再摀住傷口，而是伸出雙臂抱住了修一的脖子，在他耳邊這麼小聲地說：

「修一……我們兩個人一起逃跑吧。」

「嗄？」

傷口所滴下的鮮血，把修一的襯衫染紅了。

下一瞬間，修一發出怒吼。

「閃開！」

他大叫著，衝向站在房門口的廣瀨和金澤伸明，把他們兩人撞倒。

「快逃啊，小螢！」

修一回頭伸出手。

「嗯。」

螢的臉上露出滿滿的笑容，把受傷的右手伸出去，握住修一的手。

「別靠過來！」

修一用威嚇的語氣怒罵跌倒在地的廣瀨，他抓住螢的手，衝出了勇氣的房間。而螢的左手，則是牢牢地抱著那台筆記型電腦。

——真像是一對忤逆父母親、想要私奔的小情侶呢。

修一在逃走前回過頭來，看了屋內的眾人一眼。

智久打算追上去，但是被廣瀨阻止了。

「不必追了！」

「為什麼？現在追的話，還追得上啊。」

「人類的思考，是單純而又複雜的。你不可能完全猜出對方在想什麼。尤其是在這種被逼到絕境的狀況下。可是，當人類被逼到絕境時，在特定機率之下，思考反而會變得單純化——這是維吉尼亞大學的心理學家詹姆斯・佩內貝克做過實驗證實的理論。

簡單來說，當人類越逼近期限時，就會越來越難以依照理性來行動。想要讓戀情開花結果，最好選在深夜，而且是接近午夜0點時，告白的成功機率最高。原因就出在時間限制。沒錯，就是時間限制。」

「我聽不懂你在說什麼。」

廣瀨慢慢地站起身來，把西裝重新整理好。

「我們必須做好萬全的準備，不管她採取什麼行動，都要能夠對應。我倒是沒想到，她居然會用刺傷自己這一招。我也沒想到，修一會把你的秘密給說出來。幸好她沒有真的對你下毒手。」

廣瀨從西裝口袋裡拿出了手掌大小的接收器。

「用這個就能掌握國生螢的行蹤了——現在暫時讓他們兩人逃亡一陣子吧。」

「你說要讓戀情開花結果，最好選在深夜？修一如果真的愛上了小螢，那該怎麼辦？其實，我早就看出徵兆了，那傢伙的腦筋實在是太單純了。」

「我倒是用另一種角度來看他們。說不定，國生螢被修一的純真給吸引了……我相信，修一會拯救她的心靈，讓她恢復那原本純潔的心。人類是會被周遭環境影響而改變的。」

廣瀨站在窗邊，眺望著東京的夜景。

「國生螢這個人，不會因為脅迫而屈服，只能對她動之以情。」

「可是……」

「我已經開始思索最終的解決方法了，而她往後的行動，我們也能夠預料得到——把她變成這種人的罪魁禍首，正是這個國家。現在的政府太差勁了，就算想要進行改革，也窒礙難行。

我從以前就非常反對所謂的派遣員工制度。我知道，一旦這個制度被日本社會所接受，日本就會走向低薪資的道路。可是，我的意見遭到強大力量的打壓。因為派遣員工的薪資低廉，又不必支付年終獎金，結果當然是企業大量雇用派遣員工，而開始裁減正職員工。派遣員工拿少量的薪水，就能擔任正職的工作，當然會給正職員工帶來極大的危機感。結果，就出現了斷層。」

智久愕然地看著廣瀨的背。

「日本的終生雇用制度瓦解了，派遣員工和自由業，也就是所謂的尼特族增加了。要是不喜歡這份工作，就輕易地辭職。對企業來說，派遣員工的薪資比正職員工低很多，何樂不為，而且還能拿來節稅，想開除就隨時開除。可是，勞工卻從此陷入低薪資的痛苦之中。薪資被壓低之後，人們就失去了消費的意願，從此國家經濟陷入低迷。經濟陷入低迷，企業的業績就會惡化，業績惡化之後，企業為了節省成本，又會雇用更多派遣員工來取代正職員工。這個社會，正在一步一步地勒死自己。這個時代虧欠年輕人太多了。」

廣瀨嘆了一口氣。

「說了這麼說，我真正想說的只有一句——要創造新時代，靠的是你們。」

廣瀨把視線移向手錶。

「還有1小時……真希望能多給我們一點時間——世界各國的領袖，究竟會做出什麼樣的決定呢？」

網路犯罪對策課的調查員們，仍舊艱困地和難解的電腦作業系統纏鬥當中。

這時，一名女性走了進來。

【6月11日（星期五）晚間11點9分】

是智久的母親。她的手摀著嘴，雙眼已經發紅腫脹，大概是因為哭泣的緣故吧。她的臉頰止不住顫抖。

母親一走進房間，就詢問智久：

「智久，你有沒有受傷？」

「我、我沒事……媽、媽妳呢？」

「媽媽沒事。智久，有些話你一定要聽媽媽說……這是身為母親的感受——就算你是為了榮耀而死、為了贏得世間的讚賞而死，或是採取勇敢的行動、想要改變人心，這些都不是媽媽所願意見到的。就算你用你的命拯救了這個世界——媽媽也不願意——你還沒有孩子，大概無法理解吧。

現在是最難度過的一段時期，孩子會覺得父母親囉唆的反抗期……可是，媽媽瞭解這種感覺。不是常有人說，父母親不瞭解孩子有什麼感受嗎？說這種話的人錯了，因為，媽媽也跟智久一樣，經歷過高中時代，也有過考試和戀愛的經驗。」

母親說到這裡，沒再繼續說下去，她向前踏出一步，來到智久面前，抱緊了智久，雙手撫摸著智久的背，就像是想要確認智久有沒有受傷似的。

在止不住淚水的母親面前，智久實在不知道該說什麼才好。

智久保持沉默，讓母親抱著他。可是，他的心意已決，於是他睜開眼睛，把母親推開。

「媽，對不起。」

——為什麼要道歉呢？對了，因為自己隱瞞了一些事。是的，我的生命來日無多了——雖然不清楚還能活多久，但是，大概也就只剩下幾天而已吧。比父母親先一步離開人世，是最不孝的行為。或許正是因為瞭解這一點，才會道歉吧。

我是家裡的獨子，父親被海平殺死，已經不在人世了。所以，父母親不可能再生孩子了。一個時代即將結束，只留下母親一個人活著。

「媽……對不起。」

智久打從心底向母親道歉，他的眼睛不聽話地流下淚水。

「為什麼要道歉呢？智久，你要自己決定想走的路。一旦決定了，就要一直走到最後——還有，關於修一……媽媽不該說他的壞話，對不起。我才應該跟你道歉才對。」

突然間，智久的腦海中浮現一個疑問。

——廣瀨是如何對母親說明我現在的狀況呢？他有沒有告訴母親，自己只剩下幾天可以活了呢？

智久把頭轉向廣瀨。瞇著眼睛看著這一幕的廣瀨，發現了智久的視線，於是走向泣不成聲的母親背後，溫柔地用手撐住她的肩膀。

「智久決定要幫助我們，這點我們大家都打從心底感激他。不過……工藤太太，您知道他們這次面臨的命令是什麼嗎？這道命令是要殺死金澤伸明——殺了金澤伸明的人，就能從國王遊戲中得到解放。

而這一位，就是金澤伸明。」

廣瀨故意不親口說破這最重要的部分，他要智久的母親來逼他下這個決定。

——這傢伙……是惡魔。

智久察覺了廣瀨的意圖。廣瀨特地把母親從廣島帶來這裡，果然是有用意的。

——智久有義務要活下去。不管下一道命令是什麼，總之，凡是會威脅到智久生命的，都要盡力加以排除。

被逼到絕境的工藤太太和智久，一定覺得這樣的行徑很惡劣。可是，我希望你們能夠理解，要是智久死去的話，一切就無法挽回了。到那個時候，世界各國都會放棄日本。和國王遊戲對抗的人，絕不只有你們高中生而已。我們大人也是……對，全日本的人，都在和這場國王遊戲對抗。

母親看了一旁渾身顫抖，站立著的金澤伸明一眼，又把視線轉回智久身上。

她臉色凝重，緩緩地開口。說話的聲音雖然柔弱無力，但是卻很堅定，那是蘊含著強烈意念的聲音。

「金澤伸明同學也是有母親的，他的哥哥姊姊在國王遊戲中喪生，這些情況我都聽說了。這位金澤同學，希望他的家人和他的弟弟將來能夠過著好日子，政府也答應了他的請求。你或許會覺得，媽媽現在怎麼會說出這種話，認為不合常理，媽媽可以瞭解。

我要說的，是身為父母親最不該說的話。在外人看來，這是欠缺理智的人才會說的話。可是，身為家人，說這樣的話並沒有錯——拜託你，智久……請你親手殺了金澤伸明同學吧！」

說完，母親再度泣不成聲。

天底下哪有母親勸說孩子去殺人的？哪有母親勸小孩去犯罪的？可是，只要殺了這個少年，自己的孩子就能獲救。

把這兩件事擺在內心的天秤上，智久的母親當然會傾向自己孩子這一邊。

廣瀨的嘴角不再那麼緊繃了。

——智久，看到你母親現在這個樣子，一定很痛苦吧。沒有歷經過的人，是絕對不會瞭解的。我過去也有類似的經驗，父母親的眼淚，真的會讓人難以抗拒……能夠拯救你母親遠離悲傷的人，只有你而已，所以你一定要撫慰母親的心。吸取人血而成長的花朵，究竟會是什麼顏色的呢——

智久抿著嘴唇，抬起頭來，臉上盡是痛苦的表情。

「讓媽陷入這樣的痛苦抉擇之中，我真是個不孝子。光是這麼想，就讓我內心痛苦不已。可是，媽……妳剛才說了，要我決定自己想走的路。一旦決定了，就要一直走到最後，對吧？」

「我是這麼說過。」

「那麼……請聽我說。在國王遊戲中，已經有很多人喪生了。我的同學和朋友之中，也有許多人因此而犧牲。過去，我從未體驗過朋友死去是什麼感受，現在我才知道，那是一種極度的悲傷。幸村、櫻子、宮澤先生……還有很多很多人都死了。

其實，還有另外一個金澤伸明，和這裡的金澤同學是不同的人。那個金澤伸明是個有勇氣、充滿正義感的人。他也是國王遊戲的犧牲者，雖然我見過他一面，但是他已經死去了……現在的他，只是徒具人形的肉塊而已。」

智久想起在醫院的地下室裡，所看見的金澤伸明遺體。

他的皮膚像是被漂白水泡過一樣，手、腳和臉都已經腐爛，右眼的眼珠也像是被挖掉一樣不見了。雖然左眼是睜開的，但是眼球卻一片白濁，嘴巴也張得大大的。現在回想起那一幕，就讓人覺得作嘔想吐。

智久用手摀住嘴巴，眼中噙著淚水說道：

「即使他變成那副模樣，都還是一直想著『一定要終結國王遊戲』。我能夠明白他的心。他失去了所有的朋友，那是一段悲慘的過去。他一定有很多次想要一死了之吧？可是，他沒有逃避，而是拼了命抵抗，最後犧牲了生命。他心中充滿悔恨、悲傷，還有想要終結國王遊戲，讓世界恢復和平的願望。

妳不覺得這樣的人很了不起嗎？那是我永遠也做不到的。」

智久長長地嘆了一口氣。

「大人們……國會議員和官僚，因為害怕遭到非難，紛紛辭職逃往國外。唯一留下來的這位廣瀨先生，說老實話，我並不喜歡他。可是我也無法討厭他，因為，他是秉持著自己的信念，一路走過來的人。

媽，妳是不是想，等我從國王遊戲中解脫之後，就要把我帶到國外去呢？跟我說實話好嗎？」

「……我的確想要把你帶走。」

「想要逃避、想要放棄，這是最簡單的方法，任何人都做得到。可是，大家都在奮戰，要是只有我逃走，那就太卑鄙了。只要大家沒有放棄，我就絕對不會逃走——拜託妳，媽，別再哭了。」

「媽媽才沒有哭呢。」

智久母親的臉上，早已布滿了淚痕。

「對了，謝謝妳，願意接納修一。我好高興，雖然他這個人腦筋不怎麼靈光，卻是很講義氣的好朋友，交情好到讓我願意把生命託付給他。修一真的是個好人——

媽，如果我能死得很光榮、得到世人的讚美……所有人都深深被我感動，稱讚我很勇敢的話，妳也要以我為榮喔。我知道，媽很希望我能夠平安無事地度過這一切。可是，這個任務，非得有人去完成才行。如果只是盼望別人出面，自己卻躲起來的話，那麼問題永遠也解決不了。

哎呀，妳放心啦，我不會死的。我絕對不會做出讓母親傷心難過的事。」

智久擦了擦眼眶裡的淚水，說道：

「再不下定決心的話，日本真的會滅亡的。而我這個無名小卒，說不定可以拯救大家。我只有妳一個母親，所以我希望妳能體諒我的心情。我真的很想要拯救大家。」

「智久，你真的長大了，媽媽差點都認不出來了……是不是只有我沒有發現呢……」

「別這麼說，我會不好意思的。」

智久為了不讓母親擔心，故意撒了一個謊。可是從他母親的表情看來，她應該早就識破這個謊言了。

智久的母親走到智久身邊，兩手緊緊握住他的手。

智久是她辛辛苦苦扶養長大的孩子。打從智久小小的身體誕生到這個世上，發出哭喊的那一刻開始，不管是他3歲的時候、5歲的時候、小學的入學典禮、畢業典禮……他們每天都生活在一起。

母親始終陪在智久的身邊，用盡心力呵護著他。

其實智久剛出生的時候，是個體重不足2000公克的早產兒。醫生告訴她說，智久可能會變成遲緩兒或是肢體殘障。

由於當時沒有網路可以查詢相關資訊，所以智久的母親四處打聽，一聽到哪一家早產兒醫學中心或是兒童醫院有完善的醫療設備，就馬上趕去那家醫院，直接跟醫生商量。

最後，終於找到位於福岡縣的一家大型醫院。雖然要讓智久住在離家裡那麼遠的醫院，讓她心裡感到非常不安，但是她最後還是決定，要以孩子的未來為優先考量。

打從智久出生之後，母親每天都過著神經緊繃的生活。

雖然智久避免了殘障的最糟情況，可是小時候的智久有非常嚴重的氣喘。根據瞭解，這個疾病可能是來自父親那邊的遺傳。

每次智久只要一感冒，就幾乎會引發氣喘。症狀除了嘔吐之外，還會發出吁吁的喘氣聲，嚴重的話甚至會呼吸困難、臉色發白。

母親很擔心智久無法承受這樣的痛苦，所以偶爾會替他注射類固醇。

在生活環境和飲食方面的照顧，也比平常人更加小心謹慎。由於智久不能接觸灰塵和塵蟎，所以家裡每天都必須打掃乾淨，出太陽的日子還得把被子拿出去曬，衣服只要穿過一次就得換洗。

此外，當她聽人家說，有種模擬母親胎內環境的水床，可以幫助睡眠和心情穩定時，她也二話不說馬上購入，不管價錢高得有多離譜。

也許真的是母親的苦心照顧，有了效果吧，智久自從上了中學之後，氣喘的毛病就有了明顯的改善，也很少發作了。

母親緊緊抱著智久，哭著說道：

「你真的長大了。」

智久看著母親，正要開口對她說話的時候，廣瀨突然插嘴說道：

「智久，你為什麼那麼有自信，認為自己不會受到懲罰？你明白自己現在處於什麼樣的狀況嗎？」

「……我知道。」

智久堅定地回答。廣瀨無奈地嘖了一聲，低頭看著地面。智久的母親對他說道：

「我相信智久，所以請你也要相信這個孩子，拜託你了。」

廣瀨沒有回答，眼睛一直盯著自己的腳下。

此時，廣瀨的手機鈴聲響起。

「我是廣瀨。」

『廣瀨長官，好像有人縱火燒了夜鳴村啦！』

「你說什麼？快去滅火啊！」

『那裡是深山，消防車進不去，而且人手不足，根本無法滅火！為了防止火勢延燒整座山，我們只好先把樹給砍了。』

廣瀨抱頭苦思。

——為了防止火勢擴散，延燒整座山，只能把樹木砍了。為了保護整座山林，不得已只好犧牲幾棵樹。要保護全部的東西是不可能的。如果不犧牲個體，就無法保護整體。

夜鳴村，一個曾經進行過國王遊戲的村子……那裡也是國王遊戲拉開序幕的地方。如今，它要就要變成灰燼，永遠從這個世界上消失了。一段漫長的歷史即將宣告終結。

——我們人類的歷史……

廣瀨大聲喊道：

「全力搜索縱火犯！根據我的推測，犯人應該是一個熟悉國王遊戲歷史的人！大家朝這個方向去找！」

『知道了。』

就在這時候，廣瀨的手機有插撥進來。廣瀨把通話切換過去。

『國生螢和渡邊修一兩個人，進入六本木附近的一棟大樓了。』

「大家小心！一定要把控制國王遊戲的程式搶過來才行——距離午夜0點已經沒剩多少時間了。他們應該會有所行動，所以你們絕對不能失敗。」

『知道了。地點就在……六本木的《New Club OMEGA》。』

——能不能起死回生，現在正是關鍵的轉捩點。

廣瀨閉上眼睛，長長地嘆了一口氣。

雖然智久只聽到廣瀨對著電話所說的話，不過他大概猜得出對話的內容。

——你要學聰明點，修一。千萬別被那個女的騙了。只要國王遊戲結束，你要談多少次戀愛、交多少個女朋友都沒有問題。現在最重要的就是終結國王遊戲。不要被一時的情感沖昏頭，讓之前努力功虧一簣。能夠拯救國生螢的人……就只剩下你了。

廣瀨掛斷手機之後，面色凝重地朝智久的方向走去。

智久看著他的眼睛，這麼說道：

「國生螢的事，就放心交給修一吧。我想那小子一定可以說服她，加入我們這邊的。」

「這個世界上，就是有那種徹頭徹尾的壞胚子。看到別人的不幸就感到開心的人，藉由貶低、中傷他人的方式享受優越感的人，還有那些以為全世界都是以他們為中心在旋轉的人。

在我眼裡，這些無可救藥的傢伙，根本就是目中無人——我希望她不是這樣的女孩……可是，事實有時候是很殘酷的。」

這一刻，日本政府再度將警戒的層級提高，到了人類可能面臨滅亡危機的第5級警戒。

【6月11日（星期五）晚間11點43分】

這段期間，日本全國各地紛紛傳出失序的暴動事件。

再過15分鐘，新的國王命令又要下達了。面對不確定的未來，人們的內心陷入了極度的惶恐與不安之中。政府也沒有發表任何公開聲明，說明他們對國王遊戲的因應對策。

國生螢和渡邊修一站在一扇華麗的大門前，門上還鑲著『OMEGA』的鍍金字樣。

螢伸出手正要開門之際，突然回頭看著修一說道：

「你在這裡等就行了，絕對不可以進來知道嗎！」

「螢，妳的傷口要盡快處理才行啊！」

「沒那個必要，你乖乖留在這裡就好。」

螢打開大門，走了進去。孤獨的身影消失在昏暗的室內。

——雖然螢交代「不可以進去」，不過我還是得展現紳士風範才行……

修一決定前往便利商店，找找看有沒有治療創傷的藥膏，好幫螢的傷口做緊急處理。不過，才走到電梯門口前準備按鍵時，突然發現〈開〉的按鍵已經亮燈了，於是停下了按鍵的動作。

——電梯往上了？真是奇怪。

修一納悶地側著頭，就在個時候——

眼前的電梯突然開啟，幾名身穿黑色西裝、體格壯碩的男人快速地從電梯裡面衝了出來。

穿西裝的男人，一共有5個。
「你是渡邊修一吧？國生螢在哪裡？」
「嗄？」
「GPS顯示，她人就在裡面！國生螢在這個屋子裡面！」
另一名穿黑西裝的男人，指著『OMEGA』的門大聲說道。
修一還來不及說「住手」，5名警官便推開大門往裡面衝了進去。
在緊閉的大門前不安地來回走動的修一，不知道現在該怎麼辦。下一秒，屋內傳出連續3聲槍響。
這是修一第一次親耳聽到槍聲。那種震撼的感覺，就好像心臟挨了一記重拳一樣，就連下腹部都感受到沉重的壓迫感。
修一的心跳瞬間變得急促，於是他用左手壓著心臟。
接著，他像是下了什麼重大決心似地點了個頭，推開厚重的大門，往屋內跑進去。
室內飄散著煙硝味。
在間接照明的微弱燈光下，修一巡視了一下室內的狀況，最後視線停在後面的那道牆。螢被剛才那幾名穿著黑西裝的男人壓制在地上。
螢一面奮力地揮動手腳試圖掙脫，一面大喊：
「放開我！放開我！把我的奈米女王還給我！」
大概是見到了站在入口處、一臉茫然的修一，於是她突然轉頭對他咆哮道：

「喂！是你出賣了我嗎？是你告訴他們我在這裡的吧！」

「不是！不是我！」

修一畏縮地往後退了幾步，連忙搖頭否認。

一名黑西裝男子從螢的身上站起來，然後從口袋裡掏出手機，打給個某人。

「已經抓到國生螢了，控制國王遊戲的程式也到手了。她把這個程式稱之為『奈米女王』。」

『瞭解。我馬上趕過去，絕對不能讓她自殺。』

在電話那頭說話的人正是廣瀨。

螢發出比剛才還要尖銳的尖叫聲，不停地吶喊哭泣，臉上流下不甘心的淚水。

那不是因為遭到修一背叛而流下的淚水，而是她吃盡苦頭、殺了許多無辜生命才弄到手的奈米女王，現在居然落入他人之手的不甘心的淚水。

「放開我！還沒結束呢！我絕對不會善罷干休的！」

螢睜大了充血的雙眼，大聲咆哮著。突然又轉頭看著修一，微笑地對他說道：

「修一，快來救我！你不是很喜歡我嗎？如果你願意救我的話，我就把我的身體獻給你！我很漂亮對吧？而且我的技術一流喔！拜託你救救我嘛！」

在螢無所不用其極的求助聲中，手機響起了簡訊的鈴聲。

【6／11星期五23：57　寄件者：國王　主旨：國王遊戲　本文：還有5分鐘　END】

「修一，不要被她的話給迷惑了——只剩下5分鐘了。當務之急就是破解控制國王遊戲的程式！」

背後傳來了熟悉的聲音。修一轉過頭去看，是人就在附近待命、立刻趕到現場的廣瀨。

「……那傢伙也來啦？不過已經太遲了！」

螢扭曲著臉說道。修一以為螢只是不服輸才會那麼說，可是她的表情看起來，卻意外地冷靜。

廣瀨回過頭，看著站在他身後的杉山，不發一語地用下巴指了指螢的方向。

接著，杉山走向被壓制在地的螢，然後拿出手槍抵著螢的右手手背。

這時，廣瀨慢慢地走到螢的面前，用冷酷的目光看著螢。螢咬著牙，狠狠地回瞪他。

「如果妳不回答我的問題，就開槍射穿妳的手。不管妳怎麼反抗都沒用。網路犯罪對策課，準備好了嗎？」

廣瀨用一種聽不出任何情緒起伏的語氣說道。

『ＯＫ。』

廣瀨的視線繼續盯著螢，神色從容地調整領帶。

他的動作像在宣示「我可不是在開玩笑，我現在很冷靜，而且說話算話」。彷彿是對螢施以沉默的壓力。

「終結國王遊戲的方法是什麼？」

「我、我不知道！你以為你這麼做，我會放過你嗎！」

「射她的手！」

修一衝到廣瀨面前，張開雙臂，阻止他說道：

「廣瀨先生！你這樣做太過分了！怎麼可以使用這麼殘酷的暴力呢！難道政府高官就可以這樣為所欲為嗎！」

「這是緊急情況，閃開！」

「我不要！」

修一噙著淚水，固執地看著廣瀨。

「你要我說幾次！快讓開！」

廣瀨用魔鬼般的氣勢，對著修一大聲怒斥。

「我絕不讓開！」

「來人，把修一押走！」

「等等……廣瀨先生！」

一名黑西裝男子抓住修一的手臂，硬是把他拖到牆邊，將他壓制住。雖然修一奮力掙扎，但是兩人的體格實在差太多了。

「我們現在沒有時間跟妳瞎耗——螢，妳唯一的盟友已經救不了妳了，快把終結國王遊戲的方法說出來！」

「我不知道。」

「射穿她的手。」

「等等……我、我真的不知道……」

螢大大地睜著雙眼，臉上盡是驚恐的表情。

砰——！

剎那間，幾乎要貫穿耳膜的槍聲響起。

兩次的眨眼動作，變得好像慢動作一樣遲緩——時間和現實發生了誤差。

螢似乎一時之間還不知道發生了什麼事情似的，表情一臉茫然。

從槍口發射出來的鉛彈，貫穿了手的皮膚、肉、骨頭，陷進了地板裡面。手背流出大量的鮮血，表面的皮膚也被燒得焦黑一塊。

槍口還飄著白色的煙。

螢的手腳發狂似地掙扎著，嘴裡發出淒厲的慘叫。

「呀啊啊啊啊！」

四名穿黑西裝的警官合力壓制著忍受不住劇痛而激烈掙扎的螢。

唾液從螢的口中滴下。其中一名黑西裝男子，不知道從哪裡弄來一條濕手巾，塞進螢的嘴裡讓她咬著。

警官這麼做的用意，是為了防止螢咬舌自盡，同時，也能讓她藉由咬毛巾的動作，來分散痛苦。

在這樣異常的情況下，廣瀨還是維持一貫冷靜的態度問道：

「不想受皮肉之苦的話，就把密碼說出來吧。難道妳想死嗎？一定很想活下去吧？」

螢把濕毛巾吐掉，像瘋子一樣狠狠地瞪著廣瀨。

「……我不會告訴你的。」

「真是倔強的丫頭。」

廣瀨再次回頭對杉山下令：

「射穿她的手。」

「住手！廣瀨——！」

修一的哀求彷彿完全沒有作用似的，房間內再次響起貫穿耳膜的槍聲。

杉山朝剛才射擊的傷口，又再補了一槍。

只要輕輕碰觸，就會讓人痛不欲生的傷口，居然再次遭到槍擊。螢所承受的痛苦，恐怕是難以想像的。

螢緊咬著牙關，說道：

「……奈米女王……是……我的……」

被射擊的那隻手不由自主地抽搐著。手掌的骨頭幾乎被擊碎了吧。

「我絕對不會交給任何人的。」

汗水不停地從螢的臉上滴落。

「妳太倔強了。為什麼要擅自下命令……妳下了什麼命令？解除方法呢？」

「……我要讓全日本的高中生，承受跟我一樣的痛苦……我要讓這個被貪婪淹沒的世界……」

一名正在利用那台粉紅色筆電，試著打開奈米女王的網路犯罪對策課調查員，突然抬起臉。

「廣瀨先生。」

他看著廣瀨，搖搖頭說道：

「現在還無法……利用這個系統來終結國王遊戲……也無法取消她所下達的命令。」

廣瀨看了手錶一眼，內心忍不住開始焦慮起來，可是並沒有表現在臉上。他繼續用悠然的語氣問道：

「螢，妳的目的到底是什麼？可以把妳的目的和要求告訴我嗎？」

「……我要絕對的權力——所有人服從我、向我卑躬屈膝的力量。那是極致的優越感。國王遊戲裡面就隱藏著可以讓別人服從的力量。只要讓人們體驗死亡的恐怖，就沒有人敢忤逆我了。」

螢忍住劇烈的痛楚，咬著牙說道。

「……絕對的權力嗎？」

廣瀨喃喃地說著。接著，他突然在螢的面前跪下來，額頭抵著地面。

「拜託！算我求妳……說什麼都好，請妳把妳所知道的情報告訴我們。只要妳願意幫助我們，我願意當妳的奴隸。如果這樣還無法消妳心頭之恨，那就殺了我吧。」

「嗄？」

廣瀨跪在地上，對著壓制螢的那幾名黑西裝男子說道：

「好了，放開她吧——現在全國已經進入緊急警戒狀態，國務省和國防總省正在召開國家安全保障會議。根據我的推測，如果情況再不解決，為了防止國王遊戲繼續向海外蔓延，日本這個國家很可能就會從世界地圖上消失了。」

廣瀨看著螢那對暴怒的眼神，繼續說下去：

「其實未傳送簡訊是有意義的。別說是一般人了，連新聞媒體都還不知道這個極機密的情報……那是一份可怕的新生命設計圖。

一個不同於人類的新物種，將會在一夕之間暴增，威脅人類的存在。這個新物種很可能會統治整個地球——人類將淪為奴隸，就像家畜一樣，被剝奪一切的自由。妳願意變成這個樣子嗎？妳能想像那是什麼樣的世界嗎？」

「我才懶得管那麼多呢。而且……你們政府不也把人民當成是奴隸嗎？」

「不是這樣的！」

廣瀨大聲反駁道。他站起來，往杉山的方向走去，從他手上搶下剛才射擊螢的那把手槍，然後朝自己的左手手背開了一槍。

砰！

貫耳的槍響在房間裡迴盪著。廣瀨忍住痛苦的表情，把滴著鮮血的手伸到螢的面前。

「螢，我對不起妳。可是，請妳一定要諒解，我真的很愛日本，所以我想要保護這個國家。」

「你以為你這麼做，我就會同情你嗎？」

「不是的——妳知道為什麼我會選擇從政嗎？因為，我是真的想要改變現在的日本。可惜過去一直遭受到一股巨大權力的阻撓，許多理想都無疾而終，可是現在不一樣了，我手上正握著日本的命運。

我想要保護這個國家的未來，跟我一起救日本好嗎？」

就在此時……

【6／12星期六00：00　寄件者：國王　主旨：國王遊戲　本文：還有60秒。　END】

廣瀨默默蹲下身軀，不發一語地把手槍和自己的名片，放在朱紅色的地毯上。名片上有官邸的直撥電話和廣瀨私人的手機號碼。

「要選哪一邊，由妳自己決定吧。如果妳想殺我的話，可以用那把槍殺了我。如果妳願意協助我，就收下那張名片——現在不想回答我也沒關係。

想逃走也無所謂。不過，要是妳改變心意的話，記得打名片上的電話給我！」

「長官，這個女孩子已經知道未傳送簡訊的事了啊！」

「沒有關係。」

螢用沒有受傷的左手，緊緊握住被擊傷的右手手掌，踉蹌地站了起來。她咬著牙，眼神在手槍和名片之間游移不定。螢的內心正在掙扎著。

她瞥了一眼正在操作粉紅色筆電的幾名調查員，突然拿起名片跑出店外。

廣瀨大喊道：

「我就知道妳會選名片。我對妳做了那樣的事，妳卻沒有殺我，可見妳並不是泯滅良心的人。妳一定會回心轉意的……修一，快跟她一起去……」

不等廣瀨把話說完，修一早就已經跟著螢跑了出去。

「螢就交給你了！我對她做了那麼殘忍的事，她卻沒有殺我……」

廣瀨望著修一的背影，嘴裡喃喃地說著：

「千萬別讓她死去啊！」

廣瀨從地上拾起螢沒有選的那把槍，把槍口對著自己的太陽穴。

「廣瀨長官，你要做什麼？劇本並沒有這樣安排啊？」

杉山慌慌張張地跑過來，廣瀨伸出手制止杉山。他的眼神繼續看著逐漸遠離的修一背影。

「去吧，修一。往前跑，堅持下去——這個世界上，就是有那種徹頭徹尾的壞胚子。剛才我跟螢說的那些話都是真的，目前為止，我還是沒有改變我的想法。」

修一正在追著螢的時候，手機鈴聲響起。那是收到簡訊的通知鈴聲。

【6／12星期六00：01　寄件者：國王　主旨：國王遊戲　本文：殺死金澤伸明的人，將從國王遊戲中得到解放。　END】

廣瀨看著天花板，嘴裡喃喃說出「贖罪」兩個字，然後閉上眼睛，扣下扳機。

「廣瀨長官！」

第3章

命令5

6/12 [SUT] AM 00:02

【6月12日（星期六）午夜0點2分】

喀喳。

手槍發出乾澀的敲擊聲。裡面沒有裝子彈。這不是運氣好，而是那把槍裡面，本來就只裝了3顆子彈。

一切都按照廣瀨所寫的劇本在進行。

「打從一開始，我就處於優勢。不管局勢如何轉變都一樣。」

廣瀨臉上露出詭異的笑容。

因為手槍裡面已經沒有子彈，所以剛才就算螢扣下扳機，廣瀨也不會受傷。

自始至終，螢一直都被廣瀨玩弄於股掌之間。

以螢的脾氣，想要硬逼她說出真相，恐怕永遠也問不出答案。最好的方法，就是讓螢主動說出口。

於是，廣瀨對螢做了一個測試。

假如螢選擇的是對廣瀨開槍的話，廣瀨就打算用增加肉體痛苦的方式逼迫螢吐實。不過，這是一個風險相當高的賭注，如果有別的選擇，最好是能避開這個方法。

這就是廣瀨打的如意算盤。而且，他還準備了另一套作戰計畫。

表面上看來，廣瀨給了螢選擇權，似乎讓她佔了上風，但事實並非如此。因為廣瀨在螢的衣服裡偷偷安裝了發信器。不管她逃到哪裡，隨時都可以鎖定她的位置。

廣瀨用一種帶著哀傷的眼神，看著電腦網路犯罪對策課的調查員們。不過下一秒鐘，又轉為心滿意足的表情。

「螢居然沒有殺我——你們破解奈米女王的密碼了嗎？」

「是的。」

【6月12日（星期六）午夜0點15分】

修一好不容易追上了用左手壓住右手傷口、在前方踉踉蹌蹌跑著的螢。他從背後抓住螢的肩膀，將她扳過來面對著自己。

「等一下，螢！」

螢的臉色非常蒼白。

「放開我！你為什麼要追過來！」

「還用問為什麼嗎？……因為我想陪在妳身邊。妳有什麼心事，儘管跟我說吧。我看得出來，妳心裡面藏了很多委屈。」

螢目光凶狠地瞪著修一，臼齒因為用力咬合而發出喀嘰喀嘰的響聲。她緊閉雙唇，從喉嚨擠出一種像是從地底湧出的低沉嗓音。

「……我痛恨金錢、也痛恨貧窮。我恨不得大家都因為錢而受盡折磨！這世界上最重要的，不是愛情、也不是友情，而是錢！只要有錢，想要什麼就有什麼，連命也可以用錢買到。」

「妳怎麼這麼說呢……」

「難道不是嗎？每個人就只會說漂亮話！如果真的不愛錢，那就乖乖受罰而死啊！我最痛恨偽善的人了！想要活命的話，就拿錢來買啊！快去搶錢、殺個你死我活吧！那些說這世界上還有用錢也買不到的東西的偽君子，全部都去死好了——同情我的話，就拿錢來啊！有錢的話，就可以買一條命了！」

「螢，妳在說什麼……」

螢以前曾經罹患嚴重的先天性心臟疾病。她被告知，除非接受心臟移植手術，否則來日無多。但是，在國內一直等不到合適的心臟捐贈者，要去美國進行心臟移植手術的話，起碼也要3000萬圓以上的費用。如此龐大的數字，根本不是螢的父母親可以負擔得起的。

「要是有錢就好了！」

螢這麼想。

因為沒有錢，螢只能任由自己的生命一點一滴地消逝。就像被逼到懸崖邊，隨時可能會掉下去的人一樣。直到那名少女的心臟出現為止。

螢從口袋裡取出手機，打開手機畫面給修一看。

【6／12星期六00：02　寄件者：國王　主旨：國王遊戲　本文：這是住在日本的所有高中生一起進行的國王遊戲。國王的命令絕對要在24小時內達成。※不允許中途棄權。＊命令5：在時間截止之前，必須擁有1億圓現金。　END】

——這就是控制國王遊戲的力量嗎？難道，這個命令是螢下達的……？

在確認過命令5的內容之後，修一反而如釋重負似的，靜靜地嘆了一口氣。

這次的命令應該不會像之前那樣，造成那麼多高中生喪命了吧？這筆錢，日本政府應該有能力拿出來才對。

——只是，為什麼螢會下如此簡單的命令呢？

修一凝視著在霓虹燈照射下，被染上妖豔藍光的螢的側臉。他沒有再繼續追問下去，因為他決定要靠自己的力量，去發掘潛藏在螢心靈深處的那片黑暗，不管要花多久的時間……。

——我們所需要的那筆錢，政府應該會準備……不、廣瀨一定會想辦法籌到的。將近200萬名倖存的高中生，一定可以安然度過這次的難關才對。

就在同一個時刻，廣瀨還待在那家『OMEGA』店內，他一屁股重重地坐在沙發上，手裡握著手機，眉頭緊皺。廣瀨正在和財務大臣、日本銀行、三大行庫，以及其他幾家資金雄厚的金融機構高層，進行緊急通話。

之前，廣瀨曾經指示相關人員製作一套緊急聯絡系統，以便在必要的時刻，可以透過這套系統，在最短的時間內和國內的各大資產家取得聯絡。

對於這次的命令內容，有2件事讓廣瀨憂心不已。

首先，在命令3的時候，凡是帶著60歲以上的長者前往港口的人，政府都會支付給他們每人10萬圓的現金。再者，把大批民眾送往國外的作業，也耗費了相當龐大的費用。所以，現在政府的財政可以說陷入嚴重缺乏資金的窘境。

再者，一個國家的資產，通常都是以股票或債券之類的證券來計算，所以國庫平常並沒有儲備太多的現金。

廣瀨一籌莫展地盯著天花板，嘴裡喃喃嘀咕著：

「這次的命令，大概需要200兆圓吧。用金錢買人命？……用最沒價值的東西，買最值錢的人命……？不過話說回來，的確是有人為了錢而殺人，這是不爭的事實。」

廣瀨閉上眼睛，陷入沉思。不一會兒，他又站起來，對著站在他身後的杉山大聲說道：

「把國內的資金，全部集中起來！日本國民之中有16％是億萬富翁。我會盡量向這些資產家拜託，請求他們提供現金支援——還有，為了避免引起民眾恐慌，下令各大媒體向全國人民宣布，政府有充分的現金，絕對可以支應國內所有倖存的高中生的需要。」

「知道了——對了，有一件緊急通知。外務省那邊傳來消息說，北韓好像趁我國陷入泥淖之際，正在秘密進行某個計畫。很可能是要趁混亂之際，把他們的情治人員送進來吧。」

「真是屋漏偏逢連夜雨，一波未平一波又起。他們真正的目的，是要消耗我國的國力。」

廣瀨咬著牙，忿忿地說道。

「那方面的事情，就交給外務省處理吧。」

此時，一名身穿黑西裝的人靠近杉山，好像在向他報告什麼事。

「……長官，有消息傳來，宮城一家地方銀行的總行，遭到高中生襲擊了。」

廣瀨的臉上並沒有露出吃驚的神色，他看著杉山說道：

「銀行遭到攻擊，就表示高中生們已經決定要放手一搏了。」

此時，廣瀨的手機響起。是前任首相因為無力應付緊急事態、宣布辭職之後，被迫趕鴨子上架的新任首相打來的。

『廣瀨，你是不是在網路上寫了什麼東西？聽說在命令3的時候，你好像還慫恿高中生殺死20歲以上的成年人——是真的嗎？這可不得了啊！我們收到許多民眾的抗議！這件事媒體遲早會知道的！』

「沒錯，是真的。雖然不是我本人寫的，不過內容是我指示的。」

『你怎麼可以做這種事！我要你負起責任，馬上辭職！』

廣瀨再也按捺不住焦急的情緒，說道：

「要我辭職，我當然無所謂。問題是，誰要來接替我的位置？首相您要接嗎？還是，乾脆就擱著不管了？」

電話另一頭突然安靜下來。首相好像按住了話筒，和旁邊的人商量該怎麼回應。

『……好吧，你就繼續完成你的任務。這件事情，我會另外找人扛起責任。』

「感謝首相您的諒解。對了，首相，您可以和經團連的會長緊急聯絡嗎？是關於命令5所需要的現金。要是政府坐視不管的話，會有更多高中生受到懲罰，所以現在非常需要日本企業的傾囊相助。」

『我知道了，我會跟他們聯絡的。不過斡旋的部分，你自己去跟他們談。』

「謝謝首相。有關不可告人的交換條件，到時候我會負責的。」

廣瀨對著無人的牆邊一面說著一面點頭，然後掛上電話。

——首相，等國王遊戲結束之後，我會把一切攤在陽光下，主動提出辭呈的。我也會幫那個替我背黑鍋的人洗刷罪名。所以，請再給我一點時間吧。

「不過，我可不會原諒那些因為害怕輿論，而急著下台的政客們。我一定會揭發他們的無能……」

已經辭職的政客們，大部分都先行逃往國外了。少數幾個還留在國內的政客，則是整天忙著上電視台的臨時談話節目，不斷在電視上批判政府的無能，把自己應負的責任推得一乾二淨。

「政府的反應實在是糟糕透頂！完全沒有應變能力可言！」

「那麼您為什麼會選在這個節骨眼辭職呢？」

每當被主播問到這個問題，他們一定會這樣回答：

「因為我認為，現在的政府根本救不了日本。」

【6月12日（星期六）凌晨2點32分】

廣瀨把一台電視螢幕搬到了『OMEGA』酒吧，工作人員安靜地接好配線，然後插上電源。

螢幕馬上出現即時轉播的新聞畫面。

地點是在東北的某個地方都市。根據報導，有好幾家當地數一數二的銀行總行，遭到疑似是高中生的集體攻擊。

那些高中生每個人都背著大型的背包和書包，手裡拿著鐵棒或電鑽。背包和書包應該是要用來裝現金的吧。1億圓現金的重量可是超乎想像的。

高中生的人數少說也有20個人。他們使用鐵棒或電鑽，想盡各種手段，要破壞緊閉的銀行防盜鐵門。整個市區完全變成了無法無天的地獄，幾天前還是和平寧靜的城市風光，如今已經不復存在。

媒體記著們看到眼前失控的場面，也只能束手無策地望天興嘆，誰也不敢上前制止，深怕自己的生命受到威脅。城市的警察機關，可以說陷入了癱瘓的狀態。

此時，一輛汽車緩緩駛近。那是國產的大型四輪傳動休旅車LAND CRUISER。駕駛座和副駕駛座的位置，則擠滿了好幾名高中生。

突然，那輛LAND CRUISER緊急加速，朝緊閉的銀行大門衝去。銀行大門被撞凹變形、玻璃也應聲碎裂一地，刺耳的警鈴隨即鳴聲大作。

休旅車的擋風玻璃部分，卡在自動門的內側。

在警鈴聲中，坐在駕駛座的高中生，再次踩足油門。

車子的引擎發出轟轟的響聲，後輪空轉了好幾圈之後，整輛車像是爆衝似地直搗銀行內部。

LAND CRUISER在銀行櫃檯前煞停。距離高3公尺、寬1公尺的金庫，只剩下約10公尺的距離。

高中生們從駕駛座的地方跳出，用鐵鍊把金庫的把手和車子的前保險桿，一圈一圈地鍊在一起。接著，同一夥人又跑回車裡，把排檔推到空檔，然後把油門踩到底，將引擎轉速瞬間拉高。

擠在車內的高中生們，臉部的表情都十分緊張。

緊跟在車子後面，強行闖入銀行內部的高中生們也高舉雙手，興奮地歡呼叫囂。

駕駛LAND CRUISER的高中生，從車窗探出頭，大聲咆哮道：

「衝啊——！不要相信腦殘的政府說的話！我們又不是白痴，才不會上當呢！說什麼已經準備好所有高中生需要的現金！這是政府在操弄媒體！說謊！我們的命由我們自己保護！」

「沒錯！」

銀行內的高中生們齊聲附和。

駕駛座的那名高中生打入倒車檔後，猛然地踩下油門。

纏了好幾圈的結實鐵鍊，像是橡皮筋一樣被拉得筆直，好像隨時都會被扯斷似的。

儘管已經踩足油門，可是，光靠一輛四輪傳動車，還是無法拉開固若金湯的銀行金庫大門。高中生們臉上露出失望的神色。

就在這個時候，銀行前的大馬路上，又有兩輛垃圾車駛近。同樣也是由高中生駕駛，不過可能是駕駛人的技術生疏，引擎斷斷續續地熄火好幾次，好不容易才開到被衝破一個大洞的銀行大門前。

那兩輛垃圾車，大概是學生們從無人看守的清掃公司偷出來的吧。

不過此時此刻，在場的高中生們根本不在乎車子是怎麼弄來的，他們只關心能不能打開金庫。

在兩輛垃圾車加一輛四輪傳動車的合力下，金庫終於被打開了。

金庫大門被扯開的瞬間，所有的高中生爭先恐後地湧入金庫裡面。

「錢！是錢耶！」

「都是我的！再不拿的話，會被搶光的！」

現場的高中生一共有24名，所以需要的現金是24億日圓。雖然是總行，但畢竟只是地方銀行，金庫裡面不可能保管這麼多現金。

幾秒後，金庫內部突然傳出哀嚎。

「不要阻擋我！醜八怪！」

「你連我那一份都要拿！未免太可惡了吧！」

一名男高中生，揪住一名女高中生的衣領，一腳將她往後踢飛。

女高中生一屁股跌坐在地上，臉上露出痛苦的表情。男生帶著邪惡的笑容瞥了那個女生一眼，然後用右腳的腳尖狠狠地往她的心窩踹下。

「唔！」

女生摀住肚子，像胎兒一樣蜷曲著身體，還連續咳了好幾聲，看起來非常痛苦。

其他幾名女高中生見狀，紛紛跑過來，擋在那名男生的前面。

「你居然對女生施暴，真是太惡劣了！」

「女生又怎麼樣！是那個臭女人先來撞我的！——老子沒空理妳們啦！錢！我要錢！妳們誰也不准跟我搶！」

男高中生把書包重新背好，急著往金庫最裡面跑去。金庫的櫃子上堆滿了層層疊疊的鈔票。

其他高中生也懶得理會剛才發生的爭執，每個人都急著把鈔票塞進自己的書包和背包裡面。

——誰有閒工夫管那個醜八怪的死活！快，多塞一點……

「咚！」

笨重的聲響，讓金庫內急著塞錢的高中生們，全部停下手邊的動作。

一名男高中生後腦杓遭到重擊，手上捧著的一疊錢掉到了地上。他用手摀著血流不止的後腦，緩緩地回過頭。

「妳……妳這臭丫頭，妳想做什麼！」

「人數越少越好……越少越好！」

剛才被踢到心窩的女高中生就站在那名男學生後面，肩膀因為喘氣而劇烈地上下振動，手上還舉著一台少說也有10公斤重的金屬製點鈔機。女學生說完，又再一次甩動那台點鈔機，朝那名男生的臉重重砸下。

四處飛濺的鮮紅血液，把散落在地上的紙鈔染成了紅色。

這突如其來的變化，讓金庫內的氣氛瞬間凝結了。

「呀！」

另一名女高中生發出淒厲的悲鳴。可是，只發出短暫一聲而已。站在她旁邊、本來正忙著把錢塞進背包裡的藤本昌平，趕緊摀住她的嘴。

「不要叫。要是引起騷動，情況會一發不可收拾的。」

藤本昌平在她耳邊低聲說道。

女學生滿臉驚恐地回頭看著他，睜大的眼睛裡積滿了淚水，頭不停地左右搖動。

「……可是……」

「忍耐一下。」

不過，金庫裡面還有20幾名高中生。沒過多久，內部陸續傳出淒厲的哀嚎。昌平的臉上掩不住焦急的神色。

「呀啊啊啊，救命啊！」

野火一旦點燃，就無法停止延燒了。哀嚎聲引起一連串的連鎖反應，很快的，金庫變成了人間煉獄。
高中生們完全失去了理智。在密閉的空間裡，疑心生暗鬼的漩渦迅速地襲捲而來。緊繃的氣氛，就像氣球裡的空氣一樣，快速地膨脹擴大。
令人戰慄的恐懼感，在金庫內大肆蔓延。
「全部殺光！把礙事的傢伙全部殺光就行了！」
一個面容看起來像惡鬼一樣猙獰的女高中生，大聲地咆哮道。
她的這句話引燃了緊繃的空氣。氣球一下子膨脹到極點，然後爆炸。
「妳去死吧！」
突然有兩隻粗壯的手臂，伸向剛才猶如魔鬼般咆哮的女高中生的脖子，一把箝住她的頭，然後用力扭轉。
「呃？」
女高中生發出聲音的剎那，脖子同時發出喀嘰一聲，那是一種帶有血肉的怪聲。女學生的頭被瞬間轉到另一個方向——那是人類的脖子在正常的情況下，不可能扭轉的角度。
金庫內的空氣，頓時凝結了。
人體支撐頭部的頸椎，是由7截骨頭組成的。剛才的聲音，就是從上面數來第3和第4截骨頭，因為超出承受極限而發出的斷裂聲。不、也許那是掌管人體的神經中樞，也就是脊髓斷裂的聲音吧。
「擋路的傢伙全部去死吧。」

男學生發出邪惡的笑聲，低聲說道。箝住女生的那雙手，也更加使勁。

「你在做什麼？」

站在一旁目睹這驚悚畫面的另一名男學生大叫道。

少女的頭被扭到正後方，旋即又被以360度的角度扭轉回去。頸部的肌肉被這一來一往的拉扯之下，上面的頭顱已經快要和身體分家了。

女學生就像一隻缺氧的金魚，嘴巴不停地開合、抽搐。不一會兒，她的膝蓋無力地跪倒，整個人趴在地上，動也不動。

現場的高中生們無不發出驚恐的喊叫。金庫裡哀嚎聲不絕於耳，其中還夾雜著令人恐懼不安的金屬敲擊聲。學生們爭先恐後地往金庫的出口湧去。

突然之間，一陣轟隆的響聲傳來，學生們眼前的視野也跟著被遮蔽了。有人關上了金庫的門。

「嗄？是誰關的？拜託，快開門！快開門啊！」

垃圾車以倒車的方式開向金庫，頂住了金庫的大門。

學生們拼死命地敲打金庫，可是大門依然文風不動。

把金庫大門關上的傢伙，正站在金庫外面嗤嗤地竊笑著。他是剛才駕駛垃圾車的高中2年級學生石塚亮介。

——這就是所謂的地獄吧。

亮介的嘴角露出邪惡的笑容，然後對著門的另一面大聲喊道：

「等裡面只剩下最後一個人存活時，我就會把門打開了！」

【6月12日（星期六）凌晨3點17分】

被關在金庫裡的學生們，每個人臉上的表情都是驚恐莫名。剛才摀住一名女生的嘴，不讓她繼續尖叫的藤本昌平，此時緊急向大家喊話：

「大家不要被煽動了！保持冷靜！那是敵人的陷阱！你們想想看，外面的人如果不打開金庫的門，他也一樣拿不到現金……」

昌平的說話聲突然中斷。一張張萬圓鈔票啪啦啪啦地從空中飛落而下。

昌平被人從後面推了一把，整個人像落葉一樣，趴倒在那遍地的萬圓鈔票上面。

「只要騙過外面的人就行了——讓他們以為我們自相殘殺，最後只剩下一個人活著……」

昌平緊緊握著萬圓鈔票，不甘心地搥著地面說道。

很可惜，被關在金庫裡的高中生們，因為陷入密閉空間的恐懼之中，早就失去了冷靜的判斷力，誰也聽不進昌平說的話。

「再這樣下去，空氣會越來越稀薄！再不快點動手，大家都會窒息的……」

一名男學生這麼說道，結果引來了殺戮競賽。

在金庫內的封閉空間裡，24名高中生開始互相殘殺，再也沒有人能阻止了。

其實，自相殘殺是必然的。因為這些學生們早就發現，金庫裡的現金根本就不夠分給所有人使用。

15分鐘後，金庫裡傳來鏗鏗鏗的敲擊聲。

亮介緩緩地打開門。

「打開吧，只剩下我一個人活著而已。我殺了全部的人。」

是上園揚子。平常很文靜、在班上完全不引人注意的高中3年級女生。

金庫裡面一片安靜，血腥的臭味瀰漫了整個空間。

站在門口附近的揚子，把好幾百張沾滿鮮血的萬圓紙鈔，緊緊地抱在胸前。

她身上穿的白色上衣已經被染成血紅色，肩上背著昌平的背包，裡面塞滿了萬圓紙鈔。

揚子的眉頭動也不動地以斷然的口吻說道：

「朋友會背叛，但是錢不會。」

她的眼神像是在凝視遠方般渙散無神，嘴角四周沾滿血紅色的黏液，看起來就像抹了鮮紅色的口紅。

金庫地上散落著無數的萬圓紙鈔。23具死狀悽慘的屍體倒臥在血泊中，其中有支離破碎的、有眼球被刨空的、還有頭顱破裂腦漿橫流的。

那是一幕慘絕人寰的悽慘光景。

「能夠死在這麼多鈔票之中，真是太好了。一定很幸福吧……」

揚子喃喃自語地說道。她穿過亮介，看著被破壞得面目全非的銀行大門。不知怎麼回事，揚子的眼眶裡突然湧出淚水，珍珠般大的眼淚一顆顆從臉頰滑落。

「……哇啊啊啊啊！」

揚子蹲下身，嚎啕大哭了起來。

原本和亮介一起站在金庫門外的小西慶介，伸出手放在崩潰痛哭的揚子肩膀上，戰戰兢兢地安慰她：

「……妳、妳一定嚇到了吧。為什麼妳的嘴唇都是血？到底發生了什麼事？」

揚子抬起頭，一臉恍惚地看著慶介。

「是你們把我們關在裡面的，我沒必要告訴你們——錢就是這樣、這就是錢……」

揚子喃喃自語地說著。她把握在左手的萬圓紙鈔灑向空中，接著又把右手拿的一疊百萬鈔票，朝著慶介的眼睛用力扔去。

綑錢的紙條在空中斷裂，鈔票啪啦啪啦地四散開來。

「那是救命錢耶！——等等，妳該不會吃了……不、妳是不是咬了什麼人的脖子？」

難掩內心驚恐的慶介，畏畏縮縮地再問一次。他的眼睛一直盯著揚子沾滿鮮血的嘴唇。

「……隨便你怎麼想吧。不過，我可沒做那麼殘忍的事。昌平他……他為了保護我，犧牲了自己……都是你們害的！這一切都是你們害的！這裡有現金，來啊，全部拿去啊！這不是你們要的嗎？你們的目的不是要我們互相殘殺，好減少人數嗎？錢是不會背叛人的！」

「……囂張的臭女人！盡說些自以為是的話！看我怎麼整死妳！」

剛才還驚恐不已的慶介，這會兒又壯起膽子來了。他一面用凶狠的目光瞪著揚子，一面說道：

「喂！快把錢裝進垃圾車裡！」

他向一旁的亮介下達指示，眼睛卻始終盯著揚子不放。

亮介他們之所以去偷垃圾車，就是為了把現金裝進垃圾車後面的載台。如此一來，就可以在午夜0點1分收到確認服從的簡訊之前，防止被他人奪走現金。

除了亮介和慶介之外，金庫旁邊還另外站了3名高中生。這5人魚貫地走進金庫裡面。

滿地橫陳的斷臂殘屍，嚴重地妨礙了他們搬運鈔票的速度。

「把這些擋路的屍體搬開……」

於是，5個人開始動手把23具屍體搬到角落去。

「……這是什麼？」

亮介伸手觸摸眼前的屍體，忍不住這麼抱怨。

嘴巴被人咬掉了嗎？屍體的死狀非常詭異，嘴巴部位空了一大塊，看起來就像個黑色的大窟窿。

「沒有舌頭。」

揚子面無表情地坐在辦公椅上，冷冷地看著他們5個人努力地搬運屍體。

當亮介他們把屍體搬完，還把金庫內約8成的現金集中堆在入口時，揚子這才從椅子上緩緩地站了起來。

「要陷害別人之前，最好先挖兩個洞。看樣子，你們已經把用來埋葬自己的洞挖好了。」

揚子看著自己的手心。

「之前我還一直勸你戒菸，沒想到這時候卻派上用場了。對吧，昌平？」

揚子面露詭異的笑容，嘴裡喃喃地說著。她不疾不徐地朝那座高約1.5公尺、由萬圓鈔票堆成的小山走去。當她走到觸手可及的距離後，突然傳來喀喳喀喳，一種令人毛骨悚然的聲音。

揚子用ZIPPO打火機，點燃紙鈔堆成的小山。那是昌平生前愛用的打火機。

火苗慢慢地燒了起來，而且越燒越旺。金庫內的5個人因為忙著搬運鈔票，沒有人發現鈔票著火的事。

「畢竟是紙做的，果然很好燒。說到底，錢這玩意兒，還不是因應人類的遊戲規則所創造出來的東西。人類為了這種東西、為了這種東西，居然……」

很快的，火舌把其中一堆小山燒成了灰燼，接著又繼續延燒到隔壁另一座小山。死去的人們附著在鈔票上的怨念，好像轉化為燃料一樣，助長火勢越燒越旺。

「啵」的一聲，錢堆開始竄出火焰和黑煙。這個時候，金庫內的5個人才驚覺鈔票著火的事。

「鈔票燒起來啦！」

那5個人驚慌失措地往出口奔去，可是那裡早已變成一片火海，根本無法靠近。

揚子繼續把一綑綑的紙鈔，丟進熊熊燃燒的烈焰之中。

「我把我男朋友的舌頭，咬下來嚼碎了。你們知道我為什麼要這麼做嗎？」

「誰知道啊！我看妳是瘋了吧！只有腦筋不正常的瘋子，才會把錢燒掉！現在我們要去哪裡找錢啊！」

「雖然昌平是為了保護我，不得已才殺人的，可是，他卻無法接受自己殺人的事實——所以，在告別之吻後，我殺了他。」

揚子的瞳孔倒映著閃爍的火光。

「你們能瞭解我的心情嗎？接吻是很神聖的事，對女孩子來說，那是最幸福的時刻。可是，我卻利用神聖的吻，奪走我男朋友的生命。」

揚子說到一半，突然往前踏出一步。

「剛才你們不是問我，為什麼我的嘴沾著血跡嗎？——那是因為，我要把對你們的怨恨，永遠刻在我的心裡。我所承受的痛苦一輩子都不會消失。接吻的滋味不是甜蜜的，而是帶著……溫熱的血腥味。那是復仇的味道……我要殺死你們所有人！」

站在烈焰前方的揚子，看起來就像一尊不動明王像。

火星不斷地向上噴出，濃煙瀰漫了整座金庫。5名高中生摀著嘴鼻，被濃煙嗆得不停咳嗽。

「火災警報器怎麼沒響啊！」

慶介噙著淚水大喊。

揚子握緊拳頭，說道：

「只要你們能穿過燃燒的火焰，跑到我這裡來的話，就能夠活命喔。不過，你們有那個膽量嗎？」

被困在金庫裡的5名高中生，看著眼前熊熊的火勢，根本連動都不敢動。

熱風不斷地灌入，有1、2個學生因為濃煙密布，出現了呼吸困難的現象，沒多久就暈倒在地。

金庫內的溫度快速竄升。用耐火的特殊金屬材質所打造的牆面，光是觸摸就足以燙傷人。

亮介發出低沉的怒吼，咬著牙往炙熱的烈焰衝過去。

「可惡！反正只要一瞬間，沒事的！我一定要殺了那個女的！」

亮介突破火牆後在地上滾了一圈，接著又迅速爬起，往外面奔逃。他的頭髮因為高溫灼燒而鬈曲成一團，連衣服也著火了。

「救命啊！快來人啊……快來幫我滅火！」

亮介在地上來回滾動，想要撲滅衣服上的火。

揚子舉起剛才所坐的那張辦公椅，一步步地走近倒在地上、肩膀因為劇烈喘息而上下起伏的亮介。

「第一個。」

她嘴裡呶呶地唸著，然後高舉椅腳的前端，對準亮介的頭部砸下去。

「鏗！」

巨大的聲響，迴盪在空無一人的銀行裡。亮介的頭汩汩流出鮮血。揚子又舉起椅子，連續砸了第二次、第三次。

亮介的身體在火舌的纏繞下，開始變形扭曲。抽搐了幾下之後，便再也沒有出現任何動靜了。

揚子看著完全被烈火吞噬的金庫，這麼說道：

「下一個是誰？你們想被燒死？還是被我殺死？由你們自己決定吧。」

不過，再也沒有人敢衝出這道火牆了。

10分鐘後，留在金庫裡的4名高中生，全部倒在地上動也不動。他們都因為一氧化碳中毒而窒息死亡。

那堆萬圓鈔票，幾乎被大火燒成了灰燼。雖然還有零星的火苗在燒，不過火勢已經明顯變小。

「我的復仇結束了。」

揚子站在火場，眼神呆然地望著從灰燼中裊裊升起的縷縷白煙。

——要繼續活下去嗎？還是乾脆就死在這裡？

大約站了5分鐘之久，揚子打開腳邊的背包。把塞得滿滿的萬圓鈔票拿出來，啪啦啪啦地灑在幾乎快熄滅的餘火上。

那些現金至少有1億圓以上，也就是1萬張以上的萬圓大鈔。是足以讓自己活命的大筆現金。

鈔票的火勢，又再次旺盛起來。

「有了這些錢，就可以完成命令了……因為錢而丟了性命，真是諷刺啊。也罷，要陷害別人之前，最好先挖兩個洞……」

揚子閉上眼睛，義無反顧地往火堆裡撲去。

【6月12日（星期六）清晨5點20分】

「1億圓嗎？……如果以時薪800圓、一年上班365天、每天工作8小時來計算的話——至少也要42年的時間吧？不、還要更久。如果是打工的話，恐怕得工作一輩子吧。」

待在首相官邸會議室裡，等待接受進一步精密檢查的智久，和待在官房長官室的廣瀨，兩人正透過手機交談。

『應該是吧。話說回來，這次你願意接受精密檢查，我真的很感謝你，智久。人類的身體充滿了奧秘。看來，我們的確有必要研究你的身體裡面，比細胞更細微、更深入的那一部分才行。』

「充滿奧秘？我的身體有那麼神奇嗎？——對了，你有幫修一、友香、百合香他們準備需要的現金吧？」

『你放心，你們需要的現金，我會負責幫你們準備好的。另外，我們也會幫海平準備一份。』

智久的眉頭，瞬間皺了起來。

「可是，只有我們得到特殊待遇，這樣會不會引起其他高中生的不滿？認為我們什麼都沒做，卻能得到政府如此的厚愛……現在，其他的高中生都急著到處找錢呢。」

廣瀨陷入短暫的沉默，或許是他也不知道該如何回答吧。

『……先不去想這些了——對不起，時間所剩不多，我會再打手機跟你聯絡。對了，海平和友香應該很快就會到了。希望友香她平安無事。』

「友香沒事吧？她現在很平安對吧？廣瀨先生！」

『要往好的地方想。你可不能對她失去信心喔。』

廣瀨說完，便掛斷了手機。

——再過不久，智久就會掉進地獄了。那是從來沒有人體驗過的，真正的地獄。而我所能做的，就只有幫他們準備足夠的現金而已。

廣瀨的臉上露出一抹落寞的微笑。

然後，廣瀨把手機放回桌上，專心地看著電腦螢幕。他的表情已經不像剛才那樣死氣沉沉，變得有自信多了。

——密碼已經破解了，螢。妳一定也很意外，那麼聰明的人所想出來的密碼，居然是【我最喜歡小螢了】這麼可笑的告白吧。俗話說，天才與白痴只有一線之隔。勇氣大概怎麼也沒想到，自己還來不及向心儀的對象告白，就先被對方殺死了吧？

想要重新啟動螢所操作的奈米女王系統，就必須先將螢那台筆電裡的程式，和勇氣位於六本木新城家裡的那台電腦裡的另一套奈米女王程式，兩者整合起來才行。

這也是為什麼廣瀨會突然決定，把臨時作戰本部設在六本木新城大廈會議室的原因。

廣瀨的手機響了。是負責調查螢身家背景的調查員打來的。

「沒想到她有這麼一段過去……做得好，辛苦你了。螢還不知道這件事吧？」

『是的。』

——連國生螢自己也不知道的過去？這個情報，或許可以在緊急時刻派上用場，說不定，還能把她拉到我們的陣營呢。

啟動奈米女王、刪除螢之前輸入的國王命令，然後等待智久體內的抗體完成……。

——如果一切順利的話，國王遊戲應該就會結束了吧。

對這個結果深具信心的廣瀨，用力地點頭。

「勇氣，你的名字將會流傳後世。你寫出來的奈米女王程式，會大大地改變這個世界。因為它融合了從太古時代就已經存在的病毒，以及現代的電腦網路病毒雙方面的優點，可以說是前所未見的新程式。這是多麼驚人的「產業革命」啊。如果你還活著，一定會成為空前的大富豪。」

廣瀨決定，等國王遊戲結束之後，他要善加利用這套程式，然後把獲得的利益拿來協助日本重建。

之前廣瀨在收到命令5的簡訊時，便透過財務大臣和財經界大老，向國內各大企業與大型行庫請求提供現金支援。只是，答應配合的企業少之又少，主要的原因就是因為高中生集體攻擊銀行。

〈為了顧及企業的社會形象，請恕我們無法支援那些進行反社會活動的高中生。〉

廣瀨大聲咆哮道：

〈那根本是兩碼子的事，會長！那些高中生也是被逼得走投無路，才會攻擊銀行的，那是逼不得已的啊！因為他們很清楚，要是不服從命令的話，就必須接受懲罰而死。這個時候還在乎什麼企業形象，太愚蠢了！〉

〈廣瀨先生，我們不會改變決定的。〉

當然，這絕對不是企業首腦們真正的心聲。

高中生集體攻擊銀行這件事，只不過是他們拿來搪塞的藉口而已。真正的原因是日本經濟早已陷入混沌不明的窘況，企業家本身早就泥菩薩過江自身難保了，哪裡還肯拿大錢出來做善事。

〈會長自己不是也有孩子在念高中嗎？那要怎麼籌到這次命令所需要的現金？〉

〈這件事和廣瀨先生無關，你們還是盡快收拾殘局吧。為什麼情況會變得一發不可收拾？還不就是因為現在的政府太無能了！總之，請你們快把事情處理好！〉

對方話一說完，就掛斷了電話。

廣瀨氣得把手機往地上扔去，怒罵道：

〈你們這些人到底知不知道情況的嚴重性？全國的高中生正陷入水深火熱之中，許多人還因此丟了性命！脅迫、失去理智……他們會變成這樣，也都是為了生存啊！什麼公平的社會！這就是富人階級嗎！憑什麼有錢人只花短短幾個小時，就可以賺到普通人努力工作一輩子都還賺不到的錢！〉

【6月12日（星期六）上午9點36分】

天已經完全亮了。從地平線升起的太陽，很快就照亮了整座城市的街道。陷入瘋狂的日本，再度迎接另一個全新的早晨。

現在，全國各地的都市都已經陷入無法無天、極度混亂的狀態之中。殺人、強姦、搶劫、縱火……所有人都發狂似地到處作亂。

「小姐的身材真性感、臉蛋也好漂亮！妳一定很想要錢吧？」

在中部地方某座城市的鬧區裡，一個耳朵、鼻子、嘴唇都打孔穿環的男高中生，正在脅迫一名在路邊攔下的女高中生。

那名女學生整晚都在街頭徘徊，可是還是籌不到1億圓現金，整個人陷入絕望的情緒裡，眼神也變得木然呆滯。

那個穿環男看來就是一副很愛炫耀的樣子，好像在向大家宣告「老子就是自戀、老子就是帥、老子就是完美又特別」。

不僅如此，他還隨身攜帶鏡子，每天整理髮型至少30次以上，動不動就自拍。所以他的手機記憶卡裡，幾乎都是他的自拍照。

偏偏這個穿環男，身上帶了5億的現金。

這是因為他的祖父是該縣數一數二的大富豪，而且脾氣異常古怪。他不相信銀行，所以在家裡放了一個固若金湯的保險箱，把金塊和好幾億現金，全部收在保險箱裡。

「快拿這些錢，去幫助你的好朋友吧。」

就這樣，穿環男從祖父那裡拿到了5億圓的現金。

穿環男眼睛像蛇一樣，緊緊盯著那名茫然不知所措的女高中生。

「我身上有5億圓的現金喔。想不想要啊？妳一定很想要1億吧？跟我做愛的話，我就給妳。妳也想活下去吧？能夠拿到1億圓現金，又能跟我做愛，這可是打著燈籠都找不到的好事呢！」

女學生用哀求的眼神，看著他說道：

「……是的，我想要……」

「我、我也想要錢！」

在旁邊聽到他們談話內容的另一名女高中生，突然擠到他們兩人的中間。她抓著男學生的肩膀，苦苦哀求。

「醜八怪，閃遠一點！像妳這種母豬，不配活在這個世界上！」

「我是不是什麼地方惹你討厭了？」

女高中生為了讓自己看起來討喜，拼了命地壓抑想哭的衝動，努力擠出笑容。

「全部！除非妳減肥10公斤，再去整形，那樣我或許還會考慮。」

穿環男只會跟臉蛋漂亮、身材姣好的女生搭訕。而且到目前為止，已經有幾個女生和他發生了性關係。

不過穿環男並沒有依照約定，把現金交給這些女孩子。每次，他都在性行為的過程中，突然從外套口袋掏出預藏的蝴蝶刀，一刀割斷她們的咽喉。

「謝啦！感覺很爽！不過，老子可不想把寶貴的現金送給妳們。」

由於大多數20歲以上的成人都撤離了日本，所以大部分的賓館早已人去樓空。

穿環男所居住的那個鬧區中心，就有一家已經沒有人的『梅爾賓館』。被他看上眼的同校女學生，或是在街頭搭訕來的女高中生，都被誘騙到那家賓館，在那裡發生性關係。

一個個被殺害的女高中生的鮮血，把賓館房間裡的床染成了血紅色。

穿環男殺死一名女孩子之後，下一次就會換另一個房間故計重施。從101號房開始，102號房、103號房……對穿環男來說，做愛已經不再是重點，因為現在的他，覺得殺人比任何事情都來得痛快。

梅爾賓館404號房的門前站著一名少女。她留著一頭及肩的半長髮，明眸皓齒、唇型細緻，還有一身像洋娃娃般雪白剔透的肌膚。

她和穿環男念的是同一所校。

因為穿環男生對那名少女說「想要錢的話，就到『梅爾賓館』來吧」，所以她才會站在那裡。

穿環男坐在床上，用穿了好幾個環的舌頭，舔著一疊萬圓鈔票。

——我早就就想跟妳玩玩了，可是妳總是一再地拒絕我。瞧瞧妳，多美的長腿啊，胸部的線條這麼豐滿優美，還有纖細緊緻的腰身……我已經幻想過不知道多少次，要把妳佔為己有了呢。

以前在學校的時候，穿環男曾經熱烈地追求過這名少女。可是，不管是灑錢或送禮物，少女總是不為所動，還堅定地告訴他「我已經有男朋友了」。

——真是的，那個窮小子到底哪一點好？妳知道嗎？他穿的制服是別人施捨的二手衣，而且一大早還要起來送報耶！真是沒出息！

少女站在404號房前面，手握著門把，楞楞地站著不動。只要開門進去，就可以活命，可是同時也會失去最珍貴的東西。

——母親含辛茹苦，好不容易把我養大，可是我卻……

少女的母親在少女3歲的時候就和丈夫離婚，之後便以單親媽媽的身分，獨力扶養3名子女。

身為約聘人員的她，在附近的工廠上班，每天都得從早做到晚，一有空閒的時間，就忙著洗衣燒菜。

身邊的人都勸她去申請生活補助，可是她堅持不肯。

「我不要申請生活補助，因為我不要我的孩子覺得自己低人一等。」

少女家裡的經濟環境並不寬裕，全家人每一餐的預算只有1000圓。為了讓孩子攝取足夠的營養，她的母親在做菜的時候總是煞費苦心。

但她總是面帶微笑，從不讓孩子看到自己愁眉苦臉的樣子。

——我一定要把孩子們扶養長大……

少女的母親就是靠著這股毅力撐過來的。

少女深深吸了一口氣，慢慢轉動門把。

「呃……我來了。」

「妳終於來啦。我不是老早就打電話給妳了嗎？怎麼拖到現在才來？」

「因為……我無法下定決心。」

少女用顫抖的聲音這麼回答。

「妳會來這裡，就表示妳很需要錢吧？沒問題——我會給妳的，快把衣服脫光吧。」

少女朝穿環男手指的方向看去，好幾疊的萬圓鈔票就這樣大剌剌地散落在床上。

穿環男張開雙臂，呈大字型躺在床上。

「這裡剛好有1億圓現金。妳母親工作一輩子都賺不到這麼多錢吧？而且，妳還有個窮男友呢。我真是想不通，為什麼妳會選那個窮小子而不是我？」

「……你也未免太抬舉自己了。」

「嗄？妳說什麼？」

「為什麼我會選他而不是你的原因，我想你一輩子都不會懂的。」

男子倏地從床上坐起。

「真是麻煩的女生——聽好，快把衣服脫了。給我豪放一點，我要在這間灑滿鈔票的房間裡痛快地做愛！」

少女把拿在左手的書包放在地上，接著脫掉皮鞋。她一面鬆開裙子的勾環，一面喃喃說道：

「那些錢是你爸媽的吧？用爸媽的錢……有什麼好囂張的？真正沒出息的人是你才對——這世界上有些東西是用錢也買不到的。」

少女書包裡的手機開始振動。有人打手機來了。

少女毫不扭捏地直接爬到穿環男身上，用雙腿夾著他的腰，坐在他上面。

「你想怎麼做，儘管來吧。」

「喔，真是豪放啊！太好啦！妳今天穿的內褲真是可愛——我騙了妳男朋友，還把他殺了，難道妳都不生氣嗎？

啊、我知道了！其實妳很生氣，可是眼前還是保命比較重要對吧？所以妳才會來找我要錢。真是可悲啊。妳現在是什麼樣的心情呢？跟殺死自己男友的人上床，是什麼感覺啊？」

穿環男舔舔嘴角，臉上露出誇耀勝利的笑容。

「感覺……糟透了。不過，我要給你一個忠告。你這個人什麼都不懂，如果你以為用錢可以買到一切，那就大錯特錯了。」

「只要有錢，想要什麼就有什麼！妳不也是為了錢，才來這裡找我的嗎？——老實說，跟窮人待在同一個空間裡，我還會覺得呼吸困難呢。畢竟妳跟我是不同世界的人。」

少女緊緊地閉上眼睛。

「我現在想的，也跟你一樣。」

少女摒住氣息，眼睛睜得大大的。那是一種下定決心的堅定眼神。她把右手伸向背部被長髮覆蓋的部分。原來少女事前已經先用膠帶，把水果刀黏在背後了。

「我要殺了你！你以為我不知道，你用這種方式誘殺了多少個女學生嗎？」

「臭女人！」

穿環男也從枕頭下面抽出預藏的蝴蝶刀，把刀鋒對著少女。刀子上面還沾著前幾個被他殺死的女高中生的血跡。

少女手中的水果刀，停在穿環男的臉部正上方。因為，她實在沒有勇氣刺下去。

——這個男人死有餘辜……我還在猶豫什麼呢？

穿環男逮到機會，用蝴蝶刀往少女的側腹用力刺去。

「臭女人……妳早就計畫好要殺我了是嗎！真是可惜啊，老子可不是那麼好對付的！滾開！」

就在那一瞬間。

「哇啊啊啊啊啊啊！」

少女突然發出淒厲的尖叫，同時拿水果刀往穿環男的臉猛然刺下。接著，整個人倒向穿環男，身體全部的重量就這麼壓在水果刀上。

少女的身體往旁邊傾倒的同時，也把刺入穿環男右眼的水果刀用力翹起。

這一切都是在短短幾秒內所發生的事情。

少女利用槓桿原理，沿著眼窩的骨頭把眼球撬出來。就這樣，沾了紅色血液和著白色黏稠物的眼球，啪的一聲掉落在床墊上。

「哇啊啊啊啊啊啊啊！我的眼睛！」

穿環男手摀著右眼，聲嘶力竭地哀嚎著。

少女拔出刀子後，又往穿環男刺去。臉、脖子、胸口、心臟……不斷瘋狂地猛刺，彷彿要把堆積在內心的怨恨，在這一刻全部發洩出來似的。

少女穿的白色上衣很快就被染成了紅色。每次她從穿環男身上抽出刀子，鮮血就會從傷口噴濺而出，沾黏在牆壁上。

沒過多久，穿環男再也沒有任何動靜。少女把還插在她側腹的蝴蝶刀拔出，扔到地上。

大量的鮮血從傷口汩汩流出。少女摀著傷口，臉色慘白地站了起來，搖搖晃晃地往剛才放書包的位置走去。

嘴裡還哼著「IT'S A SMALL WORLD」的旋律。

她走到書包旁邊，蹲下身體，從裡面取出一支老舊磨損的手機。

手機還在振動。打手機來的人一定打了好幾通吧。

【來電：藤原沙智】

『妳終於接了！妳現在人在哪裡？』

「賓館……快來『梅爾賓館』404號房……這裡有……1億圓現金。」

少女虛弱地笑著說。

『先不管這個了！那個穿環男呢？』

「被我殺死了。」

『不、不會吧？』

大概是坐著會壓迫到傷口，讓疼痛加劇的緣故，所以少女改躺在地上。不規則的喘息聲，在安靜的房間裡迴盪著。

「……那傢伙的心……很貧瘠。不、他根本就沒有心。我有疼愛我的母親、珍惜我的男朋友……還有很多關心我的人……每次聽到有人跟我道謝，都會讓我覺得很開心。我是幸福的。我的心是富有的……」

『妳怎麼了？說話斷斷續續的，我聽不清楚。發生什麼事了？快告訴我！』

「……死亡……生命是公平的……用金錢交易生命是錯誤的——沙智，活下去。我沒有過完的人生，妳要替我活下去……」

少女望著天花板，眼眶流出了一行淚水。

『到底怎麼回事？妳不是說有錢嗎？』

「……這個世上，有金錢買不到的東西，好比說愛、笑容，還有真心。我想，所謂的幸福，就是每天過得平平安安的，有飯可以吃，還有……和一群同甘共苦的好朋友們生活在一起……其實，我男朋友是為了送我禮物，才去送報的……他說想看到我開心的笑容……哈哈哈，禮物也是要花錢買呢。我說的話……還真是矛盾……對吧？」

說到這裡，少女掛斷了電話。

「……在小小的世界裡……尋找小小的幸福……只要一個微笑……大家都是好朋友……好想再聽一次……他買給我的音樂盒啊……雖然……人不能選擇自己的出身……卻可以選擇幸福和死亡……」

少女緩緩地闔上眼睛，臉上的表情，看起來是那麼的平靜安祥。

第4章

命令5

6/12 [SUT] AM11:30

【6月12日（星期六）上午11點30分】

修一和螢面對面坐在餐廳最裡面的位置。那是新宿一家24小營業的連鎖餐廳，他們兩人已經坐在那裡好幾個鐘頭了。

大概是因為整晚都在東京街頭走動的緣故，所以累壞了吧。兩人都閉著眼睛，看起來非常疲倦。

昨晚，修一在途中買了繃帶和紗布，幫螢的傷口做了急救包紮。

修一本來勸她「去醫院治療吧」，可是螢說什麼也不肯去，態度堅決。她看起來好像非常討厭醫院這個地方，也許是她對醫院有什麼不堪的回憶吧。

閉目養神了好一會兒之後，螢突然睜開眼睛，站起身來，也沒跟修一說一聲，就匆匆跑出餐廳。修一大概察覺到了，所以趕緊睜開眼睛，跟著螢的後面追了出去。

「別一直跟著我啦！」

螢回頭狠狠地瞪著修一說道。

「我只是剛好要去同一個方向嘛。」

「不要像小鬼一樣胡鬧好不好？你以為這是第幾次啦？從剛才開始，我跑到哪，你就一路跟到哪。」

修一小跑步到螢的身邊，問道：

「螢……為什麼妳會下這樣的命令，要大家籌到1億圓現金……？為什麼妳要這樣刁難人呢？」

「我跟你說過多少次啦，不關你的事！——我討厭錢，我就是要大家因為錢而受盡折磨！這樣他們才會瞭解錢的珍貴……知道有錢人有多了不起。」

「……我不這麼認為。那個印在千圓紙鈔上的人，叫什麼名字……啊、野口英世，那個人也不是什麼有錢人吧？可是我記得，他入圍過好幾次諾貝爾生理學或醫學獎。所以我認為，真正了不起的人不是有錢人，而是對人類有所貢獻的人。」

修一用帶著自信的口吻說道。

「聽說，野口英世好像是窮人家的孩子，可是他對人類卻有那麼大的貢獻……我覺得像他這樣的人，才是真正的偉人。以我們家來說吧，跟智久家比起來，我們家算是貧窮的。可是，大家都很喜歡我爸喔。他總是很樂觀開朗。我很尊敬我爸，我覺得他很偉大，不過……他愛喝酒的習慣，我就不喜歡了。」

螢用一臉莫名其妙的表情瞪著修一。

「將畢生心力投注在醫學上的野口先生，可說是救人無數呢。他把他的一生奉獻在救人的志業上，所以千圓鈔票才會用他的肖像。這就證明了不是有錢人才了不起。」

「我完全聽不懂，你到底想要說什麼。」

「人要活得快樂一點。不要只想著追逐名利，要學著放輕鬆。老是想那些討厭的事，會活得很累的。」

螢皺著眉頭，訝異地瞪著修一說道：

「是廣瀨要你這麼說的嗎？或者，你只是想吸引我的注意？你該不會想跟我做愛吧？」

「……我才沒有呢！」

修一漲紅了臉，緊張兮兮地連忙搖頭否認。

「——每個人要湊到1億圓的話，2個人就是2億。廣瀨先生好像已經幫我們準備好這筆錢了，我們去找他吧。螢，不要到處跟別人結怨，當一個受大家喜愛、讓人想對妳說『謝謝』的那種人吧。這樣的話，也許哪天妳的肖像也會被印在鈔票上喔。」

修一開心地笑著說道。螢別開了視線，大概是覺得莫名其妙吧。

「螢，我們還是回廣瀨先生那裡去吧。如果妳討厭他的話，那麼我們一拿到錢就走人，怎麼樣？螢……我覺得妳應該把妳的能力，用在幫助人類上面，多救一些人才對。我認為，施比受更有福喔。因為可以聽到很多人對妳說『謝謝、謝謝』。」

螢不耐煩地嘖了一聲，說道：

「好啦好啦，去拿錢就是了。」

修一滿臉微笑地點點頭，然後從褲袋裡掏出手機，打給廣瀨。

廣瀨接到修一的電話後，用平靜的語氣告訴他說「我已經幫你們兩個人準備好現金了。只要你們到官邸來，我就把錢給你們」。

另外，廣瀨還告訴他，海平和友香所搭乘的直升機，再過不久就會抵達東京。

修一正要掛電話時，廣瀨似乎有什麼難以啟齒的事情，繼續說道：

『……智久的情況不太樂觀，脈搏變得越來越不穩定了。還有，我們無法提供所有倖存的高中生所需的現金。所以，必須用抽籤決定。』

修一簡直無法相信自己的耳朵所聽到的事。

「抽籤決定……？」

『總不能由政府來決定吧，抽籤是最公平的辦法。此外，現金的發放也是一大問題。1億圓的現金，重量大約是10公斤，而且紙鈔也很佔空間。如果是1兆圓的話，就是10萬公斤……等於100噸重啊！而這麼多的錢，也只能救1萬名高中生。如果要救200萬名高中生的話——』

廣瀨深深吸了一口氣，繼續說道：

『一下子加印那麼多鈔票不是容易的事，還會引起國際間的嚴重抗議。現在日圓異常升值，可是政府卻不敢亂印鈔票，就是顧慮到這個因素。自從日本戰敗之後，就一直被外國人牽著鼻子走，到了現在，情況還是一樣。

要是把日本國內可以運用的資金提高到1.3倍，應該就可以度過這次的難關了。問題是，政府不能想印多少鈔票，就印多少鈔票——而且，像證券之類的有價證券，根本和廢紙沒什麼兩樣。』

「你說的這些太難了，我聽不懂……總之，我現在馬上和螢趕過去。」

『……這麼一來，所有人都到齊了吧……本來是不應該讓智久和海平見面的，可是，海平卻堅持非見到智久不可，而智久也同意了。海平這孩子，在某些方面還真是固執呢。』

「海平是殺死智久父親的人，國王遊戲開始之前，他一直被關在少年觀護所裡。而且，他還綁架了智久的女朋友友香……我想，智久大概也想親自解決他們之間的恩怨吧。」

『原來有這種事，還好有你告訴我。好吧，那麼待會見了。』

修一和螢急忙趕往首相官邸。每個人心中都懷抱著不同的目的……只為了給各自的故事，劃下句點。

【6月12日（星期六）下午2點2分】

修一和螢抵達首相官邸正門口之後，穿著作業服的政府人員便帶領他們，來到位於3樓的會議室。

修一轉動冰冷的門把，開門進去的瞬間，眼睛突然楞住了。

會議室的正中央擺放著一張床，智久就躺在那張床上，手臂上連接著好幾條點滴的管子。在移動餐車的上面，擺了裝著食物的餐盤，可是好像都沒有動過。

削瘦的臉頰、粗糙脫皮的嘴唇和皮膚……才幾個小時不見，智久已經瘦了一大圈，完全看不出原來的模樣。

「智久……」

修一下喃喃地唸著智久的名字，然後踏進會議室裡。

「是修一嗎……好久不見了……咦？旁邊那個女孩子是誰？好可愛，是你女朋友嗎？太好了，你交到女朋友啦。」

「你在說什麼？你不是見過螢嗎？真是的，說什麼夢話。」

「是、是喔？」

智久看著修一，臉上帶著生硬的笑容，尷尬地點點頭。

接著，他又轉頭看著螢，笑著對她這麼說道：

「——螢，修一就拜託妳多照顧了。這傢伙雖然腦筋不靈光，卻是個熱心腸喔。善體人意、感情專一，對朋友也很講義氣。這傢伙一定會珍惜女朋友的。」

螢的臉上露出疑惑不解的表情。

廣瀨走到修一身邊，在他耳邊低聲說道：

「智久喪失了部分的記憶，而且還出現思考混亂的現象——時間過得越久，智久失去的記憶就越多。」

修一難以置信地向廣瀨問道：

「這是怎麼回事？」

廣瀨只是看著修一，沒有回答他的問題。

修一回過頭望著智久。看到好朋友一夕之間變成這副模樣，修一的眼眶突然感到一陣濕熱。他閉上眼睛，腦海裡不斷地回想，不久前智久還很健康的模樣。

「怎麼會變這樣呢……為什麼……？」

廣瀨走過修一和螢的身邊，站在智久躺著的那張床旁邊，然後把幾張相片放在移動餐桌上面攤開來。

「這是我受託保管的東西，是金澤伸明生前的照片。你不是想知道他活著的時候是什麼樣子嗎？」

智久伸出布滿青筋的手，拿起其中一張相片。

看起來應該是高中時期班上的合照吧。

「站在最後面那排、最右邊的那個，就是金澤伸明。」

廣瀨說道。

照片裡的每個學生都穿著體育服裝，各自擺出不同的姿勢。有人比出「和平」手勢、有人趴在地上、有人和同學互相擁抱。應該是在運動會的時候拍的吧？

智久又拿起另一張照片。

金澤伸明和一個看起來像是他母親的女性，兩人圍著餐桌坐著。金澤伸明嘴裡還叼著一條小熱狗，餐桌上擺了一個寫著【生日快樂】字樣的生日蛋糕。

另外還有一群穿便服的男女學生，站在河邊的櫻花樹下所拍的合照。照片中的學生，每個人臉上都帶著有如盛開的櫻花般開朗燦爛的笑容。

智久用氣若游絲的聲音說道：

「金澤伸明好像是個開朗的男孩子呢。這女孩子是誰？我以前是不是見過她？看起來乖巧又可愛，我很喜歡這一型的女孩子呢，不知道有沒有機會交到這樣的女朋友。」

修一耐不住性子，拉高音量說道：

「智久，你到底在說什麼啦！你不是已經有友香了嗎？你敢再說一次看看！就算你是智久，我也不會原諒你的！」

修一突然有一股想要跑過去揪他領子的衝動。

「修一！」

廣瀨把手搭在修一的肩膀上阻止他。

「我知道！我知道廣瀨先生想說什麼。」

修一不再看著廣瀨，而是低頭盯著地面說道：

「智久怎麼會變成這樣……這下該怎麼辦才好！友香……友香她……現在能救友香的人只有智久了。可是，你卻變成這副模樣……」

廣瀨的手依舊放在修一的肩膀上，說道：

「照片上的這個女孩子叫本多智惠美，是金澤伸明的女朋友。現在，智久和伸明共同擁有這副肉體——我知道身為朋友的你一定很難承受，但是你一定要忍耐。」

廣瀨一邊說，一邊看著手錶。

「剛才我收到消息。再過2個小時，海平和友香就會抵達首相官邸了。我們準備移往另外一個房間吧。」

此時，會議室的門突然開啟，一名護士推著輪椅走了進來。她把輪椅推到床邊，打算把失去行動力的智久搬到輪椅上。

「我來！讓我來搬！」

修一大聲說道。他緊閉著嘴唇，帶著無限悔恨的目光瞪著廣瀨。

然後，他走到智久的床邊，雙手伸到他的身體底下。

「好輕……你怎麼變得這麼輕，智久！」

修一喃喃自語地說著，然後像是在搬運易碎物品一樣，小心翼翼地把智久抱起來，安置在輪椅上。一連串的動作，看起來非常地熟練。

智久靠在輪椅的椅背上，「呼」地嘆了一口長長的氣。他把手擱在扶手上，望著修一說道：
「為什麼我的身體會變成這個樣子？」
「……因為你想救大家，想要救你深愛的人——來，我們走吧。」
「去哪裡？」
「一個很遠、又很近的地方。」
智久側著頭，露出虛弱的微笑。
看著眼前的光景，螢不發一語地移開視線。她不耐煩地咋舌，透露出內心的焦躁。
廣瀨往窗戶的方向走去，將窗簾拉上，阻擋刺眼的陽光照射進來。
——記得曾經在朋友的結婚典禮上聽過一句話，那句話，至今還記憶猶新。
〈也許我會忘記花兒的名字，但是永遠不會忘記花兒的美麗。〉
那是當時，新郎送給新娘的一句話。

【6月12日（星期六）下午4點43分】

修一推著智久坐著的輪椅，來到另一個大房間，廣瀨和螢兩人也跟在後面。房間中央有一張長方形大桌，桌上擺著一疊疊的萬圓紙鈔所堆積而成的小山。

修一和螢驚訝地看著那座小山，說不出話來。

「這裡剛好是5億圓，可以救你們5個人的命。」

廣瀨把手放在錢堆上面，這麼說道。

桌子的另一邊，坐著其他兩名高中生。是海平和友香。

友香的臉看起來，像是戴著能劇的面具一樣，毫無表情。智久和修一進來的時候，她朝兩人瞥了一眼，可是並沒有特別的情緒反應，就像是看到不認識的陌生人一樣。

不過，智久的反應也一樣。

海平站起身來，對智久笑了笑。

「好久不見。發生什麼事了嗎？我已經聽說大概的情況了。兩個人居然都變痴呆了，真是一對不幸的情侶呢。」

修一嘰哩嘰哩地磨著牙，推輪椅的手不自覺地用力了起來。他瞪著海平，眼神燃燒著憎恨的怒火。

廣瀨走到修一身旁，在他耳邊低聲說道：

「友香好像被海平控制了大腦。現在，友香的心已經完全操控在海平的手上。如果海平叫她去死，她很可能真的會去死。我知道你很生氣，但是此時此刻，還是照他的話去做吧。」

修一極力忍著想要衝過去痛扁海平的衝動，說道：

「你這個卑鄙小人，總有一天我會找你算帳，讓你一輩子當太監。」

海平拿起一疊鈔票，啪啦啪啦地玩弄著，說道：

「我還真是個特別的人呢——廣瀨先生是對付國王遊戲的最高指揮官，現在他的權力比任何人都高，可是即便如此，他還是得對我低聲下氣。不管我說什麼，他都必須乖乖照做，這種感覺真是太爽了。對了，我問你們，你們活著要做什麼呢？」

這一瞬間，海平和螢兩人的目光交會，彼此毫不客氣地直盯著對方看。旁人也看不出他們之間是懷著敵意，還是臭味相投。

螢的眼睛眨也不眨一下，而海平卻是面帶微笑。兩人的表情剛好相反。

海平首先打破沉默，說道：

「妳是誰？好像是新面孔呢——我覺得，我們應該可以成為好朋友。」

螢舉起左手，把鬢角的頭髮滑到耳後，不甚友善地盯著海平。

海平的臉上依然掛著微笑。

「不要那麼凶嘛，這樣會糟蹋妳那張漂亮的臉蛋喔。告訴我，妳叫什麼名字？我叫日村海平，妳呢？」

「……國生螢。」

「終於開口說話了，妳說話的樣子很可愛耶。」

「我討厭囉唆的男人。」

「是嗎？妳討厭我沒關係，反正我也無所謂。不過妳可別忘了，我們現在可是在同一條船上喔——哎呀，不要老是站著，坐下來聊嘛。」

螢和廣瀨坐在靠通道這邊的位置，友香和海平是靠窗戶那邊。修一將螢旁邊的椅子移開，然後把智久的輪椅推入挪出來的空間裡。自己則是坐在智久旁邊的位置上。

智久側頭端詳著友香，臉上的表情看起來好像想說什麼。

修一先是東張西望一番，然後轉頭看著廣瀨，疑惑地問道：

「百合香呢？」

原本低頭看著筆電螢幕的廣瀨，聽到修一這麼問，便抬起頭對他說道：

「百合香回故鄉廣島了。她說要參加朋友的葬禮……我試著阻止過她，可是最後還是決定尊重她的意願。」

百合香和幾個倖存的同學，合力把罹難者的遺骸收集起來，打算為他們進行集體火葬。

廣瀨看著修一，繼續說道：

「我感覺得到，百合香很想幫智久和修一的忙，可是她更想去參加葬禮。因為百合香想見朋友們的最後一面，在葬禮上對他們說『希望大家在死後的世界，能過著幸福快樂的生活』，並且祈禱他們能夠上天堂……我事前已經把1億圓現金交給她了，所以你不用擔心。」

海平用掃興的語氣說道：

「上天堂？別傻了，人死了之後就跟塵土沒什麼兩樣啦！——對了，廣瀨先生，我不是有拜託你準備晚餐嗎？我肚子好餓，快把晚餐端出來吧，等吃飽了再說好嗎？」

「……抱歉。」

廣瀨對站在門口的杉山說道：

「杉山，把晚餐端出來。」

沒多久之後，首相官邸的專用廚師們陸續走進大廳。他們先在桌上鋪好白色的桌巾，接著，再把一盤一盤的高級餐點陸續端上桌。那是海平所要求的法式料理。

在安靜得令人坐立難安的氣氛下，海平開動了。刀叉碰撞盤子的聲音，在偌大的空間裡喀鏘喀鏘地迴響著，現場沒有一個人開口說話。

海平帶著詭異的微笑，心滿意足地享用奢華的法式料理。可是在場的其他人，連刀叉碰都沒碰一下。修一本來也想伸手去拿叉子，可是看到周圍的氣氛，很快地又把手縮了回來。

醫療小組趁著這段期間，把之前修一幫螢緊急處理的手部傷口，重新進行消毒包紮。不知道是不是因為緊張，導致口乾舌燥的緣故，只見修一不停地舔著嘴唇。

廣瀨看了看手錶，說道：

「如果時間允許，我想介紹一個人給各位認識。如果證詞沒錯的話……那她應該就是殺死本多智惠美的父親，而且曾經和金澤伸明有過接觸的人。她說有很重要的話，一定要當面告訴各位不可。只不過，那個人的精神狀況不太穩定，說話也缺乏連貫性。所以，我也不敢保證可信度有多高……不過，她很清楚地說，自己背負著『破解咒語的使命』。」

廣瀨看了智久一眼，繼續說道：
「老實說，我本來也不當一回事。可是，那個人知道岩村莉愛、赤松健太、松本里緒菜、金澤伸明、橋本直也、本多智惠美……這些過去曾經被捲入國王遊戲的高中生的名字，而且對夜鳴村的事也瞭若指掌。為了保險起見，我已經把她請到官邸來了。」
海平一面用餐巾擦嘴，一面說道：
「這可有趣了。」
不知道是不是時鐘秒針的聲音，對這房間裡的人產生了生理上的影響。修一的心臟鼓動，和秒針移動的節奏，幾乎達到了同步的狀態。
海平抬起頭看著螢，單刀直入地問道：
「螢，為什麼妳要下達這樣的命令？眼前擺了這麼一大筆錢，妳看了有什麼感想？」
螢完全不理會海平的提問。
「我心裡一直有個疑問。要是妳沒拿到1億圓現金，不也一樣會受罰嗎？難道，妳不怕因為沒籌到足夠的現金而喪命嗎？」
螢不疾不徐地拿起餐桌上的湯匙，從盛裝涼品的盤子裡舀了一口冰沙，放進嘴裡。
「那是用來平衡口感的冰沙吧？那麼，廣瀨先生，我也可以要一點白酒來平衡口感嗎？」
螢瞥了海平一眼，表情顯得很不耐煩。接著，她又拿起桌上另一支較大的湯匙，舀了一杓冷湯喝。
海平用嘲弄的眼神，看著螢的動作。

「妳拿湯匙的方式還真是沒教養，一點淑女的氣質也沒有。拿湯匙喝湯的方式，可以分為法式和英式。從盤子外緣往中間舀起的方式是……」

「你這個人真的很囉唆！女生最討厭的，就是你這種挑三揀四又神經質的人！廣瀨先生，你為什麼要對這種人低聲下氣？」

螢用湯匙大力地敲著桌面怒吼道。

「竟然用湯匙敲打桌子？真的是沒教養的丫頭呢。拜託妳，多學點社交禮儀吧。這點規矩都不懂的話，跟小孩子又有什麼差別呢？」

海平用輕蔑的眼神，看著螢說道。

「你以為你是我的什麼人！」

「我只是在教妳禮儀而已。」

「不必了，你省省力氣吧。好，我現在就告訴你，為什麼我要下令每個高中生必須籌到1億圓現金——因為我家很窮，而且我爸媽都瘋了。

我甚至不確定該不該叫他們『爸爸』、『媽媽』。總之，我爸媽就是因為錢離婚的。」

「為什麼？」

螢低著頭，用力抓著桌布的一角。

「因為離了婚，就能申請生活補助津貼。其實我爸媽離婚後，還是跟以前一樣住在一起！他們根本就是假離婚！從某方面來說，那兩個人為了錢……不惜拋棄我……拋棄他們的孩子！

我爸領了生活補助津貼之後，就再也不想到外面找一份穩定的工作，成天泡在小鋼珠店裡玩樂。他在區公所的表格上面填寫的病症，居然是什麼……『新型憂鬱症』！」

修一擔憂地看著螢。

「到後來，他甚至還搶我爺爺的老人年金去打小鋼珠——哈哈哈，不過，如果只是這樣……我倒是還可以原諒他。因為他贏錢的時候，對我們這些孩子還挺慷慨的。可是、可是……」

「可是什麼？」

「當他知道只有靠心臟移植才能救我一命時，那傢伙居然說『不用讓她動手術了』！這句話根本就等於要我『去死』啊！

還說什麼『與其要花大錢治病，我寧可不要這個孩子』之類的話……可是隔天，那傢伙一聽說某家小鋼珠店添購了新機台，就又立刻跑去那家店玩。」

不知何時，螢的眼眶裡堆積了淺淺的淚水。

「我好恨！我恨我母親！為什麼她要跟那種人結婚，還生給我一副不健康的身體！我也恨那個男人……恨我的父親！我恨錢！不、我恨全世界！」

「喔，原來是這樣啊。」

螢抬起臉，瞪著一臉邪笑的海平。可是，淚水還是止不住，不停地流下來。

「原來是這樣？這話是什麼意思！你不是想問理由嗎？婚姻的必要條件根本不是愛情！而是錢！只要有錢，就可以買到愛情。我父親就是這種人，只有在小鋼珠店贏了錢，才會給孩子好臉色看！

這個世界上沒有比錢更萬能的東西了。愛情這種無形無味的東西，根本就不能相信！只要有錢，我父母就不需要離婚了！」

「我是在問妳『為什麼要下籌措1億圓現金的命令』，可是妳卻扯了一大堆有的沒的，完全沒提到重點。妳當自己是悲劇的女主角嗎？我看妳不是自我意識太強，就是有公主病。」

「說就說！」

螢的手砰的一聲用力拍在桌上，同時從椅子上站了起來。

「去美國做心臟移植手術的費用，需要3000萬圓到1億圓。我們家根本沒那麼多錢！所以，我恨不得大家都因為缺錢而受盡折磨。這個答案你滿意嗎？」

「螢，妳真是太單純了。只要稍微激妳一下，妳就會失去冷靜，還劈哩啪啦地說個沒完呢，實在是太好笑了——不過，那個聽了妳的故事，變得愁容滿面的修一更好笑。

——修一，你手上握的那塊布，是要放在膝蓋上的餐巾，不是給你擦眼淚用的。」

修一站起身來，把剛才擦鼻涕的那條餐巾往海平扔去，憤怒地說道：

「你的血是什麼顏色的？是綠色的吧？我看你應該去響應綠化運動才對！」

【6月12日（星期六）下午5點44分】

廣瀨也從位置上站了起來，試著安撫修一，說道：

「修一，你冷靜一點。」

「為什麼！廣瀨先生，為什麼你要對這種人委曲求全呢？……還幫他準備我從沒吃過的法式料理！那傢伙說『想喝白酒』，你馬上就叫人拿來……他還未成年耶！難道你都不生氣嗎？」

「我再說一次。修一，你一定要保持冷靜。你忘記我剛才說的話了嗎？意氣用事誰都會，可是……」

海平把喝到只剩下3分之1的杯子，拿到與眼睛齊平的高度。他輕輕地搖著杯子，嘴裡不時發出竊笑聲。突然，他瞥了修一一眼，臉上浮現一抹陰險狡詐的微笑。

「廣瀨先生果然是成熟的大人——友香也是成熟的大人呢。」

海平撫摸著友香的頭髮，這個動作讓人看了極不舒服。

「氣死我啦——！今天我非把話說清楚不可！你這個討人厭的傢伙！比起吃苦瓜什麼的還要令人討厭！」

「我這個人一眼就可以看出，對方是討厭我，還是喜歡我。像我跟修一就是屬於磁場不合的那種。所以，我並不會強迫你非當我的好朋友不可。」

盛怒的修一，把剛才坐的椅子一腳踢飛，打算衝上前去揍人。可是，廣瀨緊緊地按住他的肩膀，勸他道：

「修一，不要衝動！」

下一瞬間，智久從輪椅上面跌了下來。不、與其說是跌下來，倒不如說是他自己翻落到地面上還比較正確。

修一聽到摔落聲，反射性地回過頭去看。

「智久，你不要緊吧！」

他跑到仰躺在地上的智久身邊，用兩隻手把他撐起來。

智久慢慢地睜開眼睛。他一看到修一的臉，馬上露出虛弱的微笑，然後用非常微弱、顫抖不已的聲音這麼問道：

「今天，學校放假嗎？」

修一睜大了眼睛。

「你、你在說什麼傻話！」

「我……我好想見我爸喔……」

智久的聲音斷斷續續的，彷彿隨時都會消失一樣。

「……智久……殺死你父親的人……現在就坐在你面前！這時候，你怎麼可以不振作起來呢！智久……你看，友香也在……你要振作起來……一定要振作！我到底該怎麼辦才好！」

看到眼前的這一幕，海平不屑地笑了笑，說道：

「我現在叫友香脫衣服，她就會乖乖脫掉。我叫她舔那裡，她就會像舔冰棒一樣地掏出來舔。我叫她去死……她應該也會去死吧——因為她已經是大人了。」

——也許，智久是為了分散修一的注意力，不讓他動手打海平，才故意從輪子上翻落的吧？

廣瀨看著不斷和智久說話的修一，不禁有了這樣的想法。

——不過，那或許不完全是智久的意思吧？有可能是他想要分散修一的注意力，所以身體反射性地做出那樣的反應。

廣瀨長長地嘆了一口氣，然後一屁股坐到椅子上。

——明明就快要完全失去意識了，居然還……智久非常瞭解修一的脾氣，他知道修一總是為他著想，甚至超過自己。所以儘管智久幾乎完全失去記憶，可是這樣的潛意識，依然還留在他的心裡和身體裡。

廣瀨的手機鈴聲突然響起，打斷了他的思緒。

「我是廣瀨。」

『誰可以拿到1億圓現金的抽籤活動已經結束了。目前，日本國內倖存的高中生人數大約有２００萬人，其中能夠拿到1億圓的高中生……只有50萬人，剩下的１５０萬人只得放棄。目前電視台已經開始在播報結果了。』

「我知道了。那麼，下令各家電視台，一定要多加強調抽籤的公平性。」

廣瀨掛斷電話後，對房間裡的所有人做了詳細的說明。

「高中生的1億圓現金抽籤活動，已經結束了。２００萬名倖存的高中生裡面，只有50萬名能領到1億圓的現金。這是以國內擁有居住證明的人數作為分配標準，再利用身分證上的11

個號碼，進行公平抽籤的結果。

接下來如果能籌措到更多現金，我們會再進行抽籤，增加名額……總之，按照目前的情況，大概會有150萬名高中生受到懲罰。」

海平滿臉疑惑地看著廣瀨，問道：

「這個消息跟我們無關吧？我們不是早就內定了嗎？不過，看到有那麼多可憐的學生驚慌失措的樣子，還真是有趣呢。被政府拋棄，只能等待死亡的降臨，就算再不甘心，也只能接受短暫的壽命——生命的消費期限。仔細想想，真的很滑稽。」

「……的確，海平說得沒錯。只是目前國家可以籌措到的現金是50兆圓，沒有更多了。剩下的高中生必須靠自己想辦法——

抽中的學生名單，我們會委託各家公、民營電視台，以及各大廣播電台，在今天結束之前不停地播送。當然，也會公布在政府的網站上……」

廣瀨看了手錶一眼，繼續說道：

「特別節目從6點開始播出。也許現在已經有人在收看電視了。

發錢的地點在日本橋的日本銀行總行、三大行庫，還有地方銀行的總行。我們會呼籲抽中的學生們，盡速前往那些定點領取現金……」

「哈哈哈哈！」

廣瀨的話說到一半，海平突然發出大笑。

「這樣就叫做公平嗎？真是笑死人了。」

「有什麼問題嗎？」

瞬間，廣瀨的臉上浮現出焦慮的神色。

「抽籤方式一點也不公平，政府根本就是獨厚大都市的高中生。理由很簡單，現在全國各地的交通幾乎陷入癱瘓，鄉下的學生想來到都市領錢，根本是困難重重。抽籤活動是以住在日本銀行、三大行庫所在的東京都會區，以及地方銀行總行所在地的縣政府附近的高中生為主要抽籤對象。這樣的抽籤怎麼能算是公平呢？偏遠地區的高中生早就被放棄了……政府已經懶得管他們的死活了吧？

不過我這麼說，可不是要批評你們的做法喔。」

「……海平，你的確是個聰明的孩子。」

海平站在廣瀨面前，用挑釁的語氣說道：

「廣瀨先生想說的話，由我來替你說吧。你是不是想說這不是『歧視』，而是『區分』？可是，用這種方法可以救多少學生呢？」

廣瀨嘴唇緊閉，不悅地看著海平。海平則是掛著勝利的微笑，繼續說道：

「我再幫你說一件事吧。廣瀨先生，你心裡巴不得智久早點死對吧？因為只要他一死，抗體就完成了——修一，你認為呢？」

修一瞪著廣瀨。現在，除了自己之外，他對每個人都抱有敵意。

廣瀨看著修一，然後，緩緩地開口說道：

「其實，海平說得沒錯。智久的母親之所以不在這裡，就是被我強迫隔離的。當然，以智久的立場，我想他應該也不希望自己的至親看到自己逐漸衰弱死去的樣子吧。」

「可惡！欺負智久和友香的傢伙，都是我的敵人——！」

修一站起身來，打算伸手揪住廣瀨。因為發生得太突然，廣瀨瞬間倒退了幾步。不過，旁邊的警官早一步制止了修一，把他拉回到座位上。

螢雙臂交叉，帶著淺淺的笑意觀看這一切，就像是在觀察修一、廣瀨和海平等人的心理狀況一樣。

政府在日本銀行總行、三大行庫總行，以及地方銀行總行的周邊，緊急部署機動部隊加強戒備。

此外，還在附近路口設置檢查哨，除了抽中的高中生外，其他人都不准靠近這幾棟建築物半徑500公尺以內。萬一發生突發事件，警察可以將人群強制驅離——

這些都是政府為了順利交付現金所採取的維安手段。

警戒層級5——預測有可能導致人類滅亡的狀況。

日本的鄰國，隨時在密切監控日本的動向和情勢的發展，同時採取了嚴密的警戒防護。各國的領袖經過多次協議之後，對日本以外的國家，發布了以下訊息：

【Nuclear use is permitted.（允許使用核子武器）】

【6月12日（星期六）晚間9點5分】

修一等人待在首相官邸的2樓大廳裡，因為什麼事都不能做，所以只好靜靜地等候時間無情地流逝。

智久被放在一張簡易的床上。隨著時間一分一秒過去，他的情況越來越惡化，脈搏也變得極不規律。

醫療器材被搬進房間裡，智久的手臂再度插滿了點滴的管子。

「智久、智久……加油。拜託，你千萬不能死啊！」

修一坐在智久床邊，兩手緊握著智久的左手。他的眼眶下面有著明顯的黑眼圈，眼球也布滿血絲，好像正在回憶什麼似的，淚水不停地流下。

智久閉著眼睛，靜靜地躺在床上動也不動，只是偶爾會發出喃喃的囈語。

友香坐在沙發上，漠然地看著某個定點。打從進入首相官邸以來，友香就沒有開口說過一句話。

「不知道廣瀨先生把我們集合在同一個房間裡到底想做什麼？——啊，真是無聊。」

少了能夠跟他說話的對象，海平只好一邊移動棋盤上的棋子，一邊不停地發牢騷。

突然，海平轉頭看著修一，說道：

「修一，要不要來下盤棋？」

「誰要跟你下棋啊！」

修一用紅通通的眼睛，瞪著海平怒吼道。

廣瀨的手機響起。他接起手機，嘰嘰咕咕地說了幾句之後，只留下一句「緊急事項已經搞定了」，便匆匆忙忙地離開會議室大廳。

廣瀨一走出會議室，螢馬上站起來在房間內來回走動，心情顯得極度焦躁不安。她走到窗戶旁邊，看著窗外的景色，喃喃地說道：

「——我要把奈米女王搶回來。」

平常，首相官邸的出入口附近，都會有好幾名警官戒備。不過，現在警視廳的警察大部分都被派去日本橋，以及丸之內周邊，執行日本銀行總行和大型行庫總行的維安任務。

螢走到修一身邊，在他耳邊低聲說道：

「修一，我去外面一下。拜託，請你答應我——不要跟任何人說我不在這裡。我一定會回來的，我保證。現金就放在這裡，我不會逃跑的。」

「妳要去哪裡？」

螢停了一下，這麼回答：

「……我想去見我母親。」

修一看著螢的眼睛說道：

「……路上小心，要快點回來喔。」

修一知道螢是在騙他。可是，因為螢說「想去見母親」，所以修一無法當面戳破她的謊言，說她是騙人的。

這和接到有人來電說「因為朋友過世了，所以無法赴約」，直接指責對方「騙人」的道理是一樣的。因為，萬一那個人說的是實話，那對方一定會受到很大的傷害。

螢往房間的死角走去，偷偷打開一扇窗戶爬了出去。大廳位於2樓，從這個高度直接往下跳是非常冒險的事，所以她先觀察地形，確認警力較為薄弱的地點之後，把腳踏在牆壁的突出物上，小心翼翼地移動。

接著，她往地面上的樹叢一躍而下。大概誰也沒料到，會有人從2樓跳下來，而且還是個女孩子，所以那個地方才沒有部署警力。

就這樣，螢神不知鬼不覺地溜出了首相官邸。

螢急著趕往勇氣位於六本木新城大廈的住宅。途中，她還擅闖空無一人的民宅，偷了一把生魚片刀。

平常總是被計程車和高級轎車擠得水泄不通的六本木大道，如今卻連一輛車都沒看到。蓋在六本木大道上方的首都高速公路，好像也沒有車輛往來。

螢以小跑步往六本木大道的西南方向快速奔去。

大約過了20分鐘，前方不遠處出現了一棟壓迫感十足的超高大樓，那就是六本木新城。過去，像一棵豪華的巨型聖誕樹一樣，照亮附近街道的六本木新城，如今只剩下寥寥可數的幾盞燈光還亮著……

「沒有了霓虹燈，世界知名的六本木新城，看起來還真是淒涼，感覺就像古代的遺跡呢。」

螢殺死勇氣才搶到手的奈米女王，應該就放在那裡，不過，已經被廣瀨奪走了。

「奈米女王是我的，我絕不會把她交給任何人！」

螢穿過無人看守的大門，進入六本木新城住宅大廈內部，再搭乘電梯，前往勇氣位於S棟的住處。

「我要用奈米女王改變這個國家，改變這個被金錢統治的國家……」

螢的右手拿著一把大型的生魚片刀，按下設置在勇氣住處玄關旁的對講機。

沒有人回應。

她轉動把手。門毫不費力地打開了。螢穿過了走廊，最後在勇氣的住家門口停下來，然後悄悄地把耳朵貼在房門上。

「……難道？」

確定屋內沒有人的聲音，也沒有電腦的運轉聲之後，螢小心翼翼地開門查看。

房間裡只有放置勇氣屍體的那張床和一張桌子。原本靠在另一面牆的5台電腦早已不見蹤影。

螢離開勇氣的屋子，在走廊上前進。

——那5台電腦是桌上型的，不可能搬得太遠，一定還在這附近繼續運作。

螢站在電梯門口前，看著建築物的配置圖。

——必須是空間夠大，而且有供電的地方。這麼說的話，應該是在……

螢專注地盯著配置圖。

——我知道了！

螢毫不猶豫地按下電梯按鈕。她要去的地方就在15樓。那個樓層有許多專門提供接待和開會使用的房間。

抵達15樓，從電梯走出來之後，螢默不作聲地在走廊上前進。走廊的盡頭透出黃色的光線。

螢在透出光線的房間門前停了下來。她聽到房間裡有人，從聲音研判，應該有4到5個人。

螢不聲不響地打開房間的門。

房間裡有5名調查員。

螢舉起手上的生魚片刀，朝一名背對大門口的網路犯罪對策課調查員衝過去。她使盡全身的力氣，往調查員的背部刺入。

調查員立即發出淒厲的哀嚎。

不但當場血流如注，襯衫也瞬間被染成一片紅色。螢抽出刀子後，還朝他的背部狠狠踹了幾腳。

「把奈米女王還給我！」

螢一面狂喊，一面朝剩下幾名被嚇呆的調查員撲去。

「喂、喂！快住手！」

大概是事情發生得太突然，還來不及防備，調查員們的腹部、咽喉、手臂都受到了嚴重攻擊。不到20秒，5個人全部重傷倒地。

一名年約50幾歲，背部中刀的調查員倒在地上，痛苦地縮成一團。他一面劇烈地喘氣，一面伸出顫抖的手從上衣口袋掏出手機，按下通話鍵。

「快來……六本木新城……國生……」

「誰准許你打電話的！」

螢對那名調查員大聲咆哮，又往他的脖子刺了一刀。調查員就這麼斷氣了。

接著，她又朝另一名腹部中刀、在地上痛苦掙扎的調查員踹了一腳，然後舉起旁邊的椅子，朝他的頭部砸下。

「還給我！去死、去死、去死！我的手被廣瀨射傷的時候，你們居然袖手旁觀！」

當她砸第四次的時候，那名調查員已經動也不動了。

螢坐在電腦前的椅子上，肩膀因為劇烈喘息而上下起伏著。

「妳終於回到我身邊了，我可愛的奈米女王。」

螢幕上的畫面漆黑一片，螢在鍵盤上按了幾個鍵，螢幕還是沒反應。按了電源開關也一樣。

她往電源插座的方向看去，一名調查員手裡正好拿著電源線的插頭。他在臨死前拔掉了電源線。

螢把插頭插好，重新按下電源開關。

全黑的畫面終於浮現出一行文字。

【請輸入密碼】

漆黑的電腦螢幕上，倒映出螢的臉。螢這才發現，自己被四散飛濺的鮮血，染成一片紅色，看起來就像是一具慘遭凶殺的屍體，從墳墓裡爬出來一樣。

螢面無表情地用沾滿鮮血的手指，在鍵盤上按了幾個鍵。

【我最喜歡小螢了】

「勇氣……我真的不應該殺你的，對不起……原諒我。人死不能復生，舞也是，勇氣也是……不過，舞還在我的身體裡繼續活著……而勇氣則是活在我的記憶和奈米女王裡面。勇氣，請你也在我體內活下去吧。」

淚水像斷了線的珍珠項鍊一般，從螢的臉頰滑落到電腦桌上。螢輸入密碼之後，按下了ENTER鍵。

【密碼錯誤】

「咦？為什麼……？」

螢幕上跳出一個熟悉的愛心圖案。

螢刪除空格裡的文字，小心翼翼地重新輸入【hotaruchandaisukidesu】這幾個字，然後按下ENTER鍵。

【密碼錯誤】

螢開始焦急了。連續按了好幾次ENTER鍵，可是畫面還是一再地出現那個令人討厭的愛心圖案。螢的腦海裡突然閃過不祥的預感。

「為什麼！到底怎麼回事！」

螢大聲咆哮著。她舉起椅子朝裝設玻璃的那面牆扔去。磅啷一聲，玻璃應聲碎裂。

——那名調查員忍著痛楚，在臨死前拔掉了電腦插頭，看來一定有什麼理由，讓他非拔掉插頭不可……

「……電源關閉之後，如果要再啟動，就必須重新輸入密碼……是廣瀨！那傢伙更改了密碼！奈米女王是我的，我誰也不讓！把勇氣還給我！我的下一道命令，是要送給勇氣的餞別禮物啊！」

怒不可遏的螢，從房間飛奔而出，胸前緊緊抱著那台粉紅色筆電。

螢在六本木大道上拼命奔跑。她緊咬牙關，雙眼圓睜，看起來就像一個討命的夜叉。螢要去的目的地，正是首相官邸。

同一時間，海平從首相官邸的窗戶，抬頭仰望泛著黑光的夜空。飄浮在天空的雲，就像蛇一樣緩慢地移動著。海平喃喃地說道：

「這世上有沒有毀滅世界的咒語呢？我想應該有吧——而且，還是大家耳熟能詳、極為簡單的句子喔。」

15分鐘之後，螢站在首相官邸的西側入口。

她看起來像個索命惡鬼，肩膀不停地上下起伏。連擔任警備的警官看到她，都忍不住慌了手腳。

「妳、妳怎麼了？……是不是遭到什麼人的攻擊了？」

螢好像沒聽到警官的問話似的，完全不理會制止的聲音，只顧著大聲咆哮道：

「我要見廣瀨！把他帶來這裡！」

螢躲開一名張開雙臂，擋在前方的警員，打算硬闖首相官邸的玄關。不過還是被警方牢牢抓住手臂，無法得逞。

看到螢不停地咆哮，警方人員感到事態嚴重，於是緊急打電話給廣瀨。

那名警員講了簡短幾句話之後便掛斷電話，轉頭看著螢說道：

「我帶妳去見廣瀨長官。」

在警官的帶領下，螢來到2樓大廳入口。

「到了。」

螢沒有回應，而是用力地把門推開。

「告訴我新的密碼！」

她揪著廣瀨逼問道。

「螢，發生什麼事了？妳的臉怎麼變成這樣？」

原本朝螢走過去的修一，看到她滿臉鮮血的模樣，瞬間停下腳步。

「……是血。那是誰的血？妳不是要去見妳母親嗎？雖然發生了這麼多事……可是我始終相信妳，因為我的心想要相信妳，而妳卻……」

坐在棋盤前的海平，朝激動不已的修一瞥了一眼。他停下手邊的棋子，好奇地看著螢。

「這招叫做入堡，也就是利用特殊的走法，掩護國王移動到安全的位置。這是既能保護國王，又能轉守為攻的棋步。妳突然失蹤，然後又滿身鮮血地跑回來，看來，妳應該過了一個很精彩的夜晚吧。」

海平從椅子上站起來，面帶微笑地朝螢走去。他手裡拿著一只酒杯，杯裡還有一半的紅葡萄酒。

「螢，要不要喝杯紅葡萄酒？這是2002年的Romanée-Conti，是我拜託廣瀨先生弄來的呢。紅葡萄酒果然還是要喝Romanée-Conti才對。而這杯子是Riedel。美酒就是要搭配名貴酒杯，才能相得益彰。來，先喝杯酒，有話喝完再說吧。」

「你這個自戀狂，少來煩我。」

螢從海平的手上搶過酒杯，把剩下的酒倒在他頭上，然後轉頭瞪著廣瀨說道：

「快告訴我奈米女王的密碼。奈米女王是我的，是勇氣為我寫的！快還給我！」

她從手上的提袋裡掏出一把生魚片刀，將刀口對著廣瀨。廣瀨冷靜地看著螢，氣定神閒地坐在椅子上。

「奈米女王的密碼是我們靠自己破解的。佐久間勇氣的確很聰明，如果他還活在世上，說不定可以寫出革命性的程式。」

「我不想聽你說廢話，快告訴我密碼！奈米女王是我的！是我一個人的！」

「我不能告訴妳密碼——不過，我倒是可以告訴妳，下一道命令已經被我刪除了。」

「你、你騙人！」

螢不敢置信地反駁道。她的眼睛睜得很大，好像受到相當嚴重的打擊。

廣瀨不疾不徐地從座位上站起來。

「把她抓起來。」

站在廣瀨背後的兩名警官安靜地點頭，然後往螢的方向走去。沒多久，螢就這麼被壓制在地上，無法動彈。

「為什麼不殺了她呢？這個女孩子是禍害啊。」

站在一旁的杉山，在廣瀨的耳邊低聲說道。

「因為佐久間勇氣——我怕她會成為第二個他。要殺她……其實易如反掌。」

【6月12日（星期六）晚間11點31分】

「螢，有件事我希望妳能耐心聽我說完……如果妳聽完之後，還想知道密碼的話，我就告訴妳。」

廣瀨走近被壓制在地上的螢，俯視著她說道。

「現在就告訴我。」

被壓制在地上的螢，瞪著廣瀨怒吼道。臉上的表情，因為懊悔而變得扭曲。廣瀨沒有理會她的咆哮，而是轉身看著螢帶來的那台粉紅色筆電。

「螢，2年前妳在東京的大學醫院進行過心臟移植手術，這件事應該沒有錯吧？我也不想囉唆，所以妳只要回答『是』或『不是』就行了。」

廣瀨走到放筆電的那張桌子旁邊，把沙漏倒過來放。那是一個需要3分鐘，沙子才會完全落到下方的計時器。

「據說，當時到美國動手術，需要數千萬到1億圓的費用。妳因為家裡的經濟狀況不佳，被迫放棄動手術的機會。剛好在那個時候，國內忽然出現一個捐贈者，血型和其他條件全部符合妳的需要，對吧？」

「……沒錯。」

螢低頭瞪著地面，喃喃地回答。

「在國內接受心臟移植手術的話，只要符合健康保險的條件，幾乎不需要負擔醫藥費。恕我這麼說，像妳家這種接受社會救濟的家庭，需要支付的費用幾乎是零。可是即便如此，醫療小組的交通費和器官的運輸費也要花上數百萬圓。

提供心臟給妳的那名捐贈者是中國地方的人。將器官從中國地方運送到東京……少說也要花300萬圓吧？一個接受社會救濟的貧窮家庭，居然能籌出這麼大一筆錢，真是難為妳父母親了。那筆錢是他們向親戚們借來的吧？」

螢的手和腳拚命掙扎，想擺脫警官的壓制。只是，一名女高中生的力氣根本敵不過2名男性警官。

「我們家哪來那麼多錢。我爸甚至還在自己的女兒面前，大言不慚地說『要花那麼多錢的話，就別動手術啦』，他怎麼可能會為了我去跟別人借錢！」

「可是，要動移植手術，的確需要那筆錢呢。」

廣瀨瞥了一眼發出微弱沙沙聲響的沙漏，往前踏出一步。

「其實妳想的沒有錯。那筆錢不是妳父母親支付的。」

「……那是誰？」

廣瀨伸出手，指著某個方向——那裡放著一張簡單的床。閉著眼睛、全身插滿管子的智久，就躺在那張床上。

「接下來，我要跟妳說一名少女如何獲得重生的故事。」

海平一面啜飲著杯裡的美酒，一面撥弄著坐在身旁的友香的頭髮。

「廣瀨那傢伙，到底在玩什麼把戲……」

他嘴裡喃喃地嘀咕著，眼睛則是盯著堆放在桌子上面，屬於螢的那座1億圓現金堆疊出來的小山。

廣瀨看著躺在床上的智久，這麼說道：

「妳知道，智久的母親是廣島縣電視台的製作人嗎？好像是負責新聞方面的吧？我記得是新聞節目，或是社會檔案之類的製作小組。

大約2年前左右吧，智久的母親打算製播一系列有關於國內器官捐贈現狀的節目，尤其是以心臟移植為主。在節目的製作過程中，她聽說了一名住在東京的少女的故事。」

被壓制在地的螢瞪大眼睛，直直地看著廣瀨的嘴，彷彿知道接下來會從那裡吐出驚人的事實。

廣瀨張開口的瞬間，螢恨不得塞住他的嘴，不讓他說下去。

「據說那名少女出生在一個非常貧困的家庭，她的雙親整天遊手好閒，利用假離婚的手段，領取社會救濟金和養育津貼，然後再用那些錢去打小鋼珠。」

修一不知道何時，蹲在螢的身邊。他輕輕地握著那隻被廣瀨開槍打傷的手。修一的眼神堅定而且認真，絲毫沒有吊兒郎當的氣息。

〝我會陪妳一起聽完廣瀨先生的故事。我知道這很痛苦，可是我會陪妳的。〞

修一很努力地給螢打氣，就像是陪產的丈夫一樣。

「少女在中學2年級的那一年，被診斷出罹患先天性心臟疾病。可是她的父母因為『不想花那個錢』，所以並沒有帶她去醫院治療。少女的病其實非常嚴重，醫生告訴他們，以現在的醫學，只有進行心臟移植手術才能救得了她。」

螢的嘴唇微微地顫動著。

「智久的母親瞭解少女的情況之後，在電視上呼籲民眾捐款，好讓那名少女可以進行心臟移植手術。不過他們畢竟只是地方電視台，所以我想知道的人並不算多。智久的母親好幾次去東京，跟各大電視台的高級主管商量，希望能進行全國性的募款活動。

雖然，她募集到了不少資金，可是距離目標金額還是差很多。她拜託那些人，在電視上播出少女的可憐處境，呼籲全國的善心人士捐款，哪怕只有一點時間也好。」

「這……這怎麼可能！」

螢看著全身插滿點滴，躺在床上毫無動靜的智久。

「果然，很多人捐款給這個素未謀面的可憐少女。從小學生到80多歲的老人，每個人都慷慨解囊，希望能幫助少女。

雖然每一筆都是小額捐款，可是將捐款集合起來，居然高達1000萬圓之多。」

螢從小到大，未曾因為後悔而掉淚。

她記得小學3年級的時候，有一次下課時間，班上的同學聯合起來，嘲笑她是窮孩子。

其實，螢也想請朋友到家裡玩，但是家裡又窄又髒，也沒有可愛的洋娃娃或組合玩具這類可以和大家一起玩的東西。她根本沒有臉請朋友到這樣的家裡玩。

「螢每天都穿同一件衣服，好臭喔，臭死了。就像一年四季沒有換羽毛的麻雀。以後，妳的名字乾脆不要叫『螢』，改叫『麻雀』吧。貧窮可是一種罪呢。」

班上有幾個女生，螢一直當她們是好朋友。可是她們也開始「麻雀、麻雀」地稱呼她。

螢哭著說：「我爸媽又沒有錯！為什麼你們要這樣笑我！」然後拿起板擦，往那些嘲笑她的同學們扔去。

懊惱不已的螢回嗆他們：「誰稀罕玩具和洋娃娃！只有長不大的小鬼才會想玩那些東西！我可是都玩大人的遊戲呢！」

那是不甘心和嫉妒的氣話。其實，螢很想要一隻常出現在卡通裡的兔子玩偶，想要得不得了。幾個星期之後，螢終於從玩具店裡，偷到了那隻兔子布偶。

小學6年級時，有一次在中午用餐時間，班導師把她叫到講台前面罰站。

「國生同學，妳已經3個月沒有繳營養午餐費了。老師不知道該說妳是厚臉皮呢，還是怎樣？學校是教導學生學習社會規矩的地方，所以今天妳就站在這裡，不准吃飯。」

就這樣，螢如坐針氈一般，站在開開心心吃著營養午餐的同學們面前。她感覺到大家都在偷看她，而且交頭接耳的，不知道在說些什麼。螢低頭啜泣，內心感到無比的羞愧和痛恨。

〈媽，老、老師說要繳營養午餐費，因為我有3個月沒有繳了。〉

〈我們家哪來的錢給妳繳營養午餐費。不用擔心啦，小學是義務教育，不繳午餐費，學校還是會讓妳吃的。笨蛋才乖乖繳錢呢。妳得學聰明點，知道嗎！媽媽忙得很，別來煩我。〉

父親好像沒有聽到她們的談話似的，一如往常地打開家裡的大門，往小鋼珠店跑。

隔天的午休時間，螢趁著教室裡沒有人的時候，從其中一位同學的書包裡，偷走了營養午餐費。那個同學平常總是跟螢說「螢，我們是永遠的好朋友」。可是前天，她看到螢被老師叫到講台前罰站時，居然在偷笑。上了中學1年級之後，螢還會故意勾引那些嘲笑她的女生的男朋友，跟他們上床。

可是到了中學2年級，有一次她和母親一起去醫院做精密的身體檢查。醫院告訴她們關於螢的病情，以及動手術所需要的費用。

從醫院回到家裡之後，只看見喝醉酒的父親正在呼呼大睡。

「老公，醫生說這丫頭必須動心臟移植手術，而且國內好像很少做這類的手術。去美國開刀的話，聽說要3000萬圓到要1億圓以上的費用。喂，你說該怎麼辦啦？」

母親把趴在桌上睡覺的父親搖醒，這麼問他。父親揉揉沒睡醒的眼睛，不耐煩地說道：

「1億圓？咱們家連5萬圓都拿不出來！就算我倒立著走，也籌不出那麼多錢。而且誰敢保證，花這麼多錢，手術就一定會成功？既然這樣，何必開刀。真倒楣，怎麼生了一個這麼會討債的孩子。」

「說得也是。雖然很可憐，不過生在我們家算妳倒楣，都叫妳要生病！」

螢默默走回自己的房間。她趴在桌子上，無聲地啜泣著。對一個14歲的少女來說，父母的那番話無疑是在對她說「妳去死好了」。

螢渴望金錢、渴望愛情、渴望關愛。從那個時候開始，螢的心裡便種下了殺死父母的念頭。

螢的身材逐漸成熟，在學校裡的成績也很優異。就算和大人們對談，知識方面也毫不遜色。

可是相對於生理的成長，她在情緒方面卻越來越偏激。以她的年齡來說，有很多想法都還很幼稚。

螢越來越難以忍受父母的冷嘲熱諷。雖然她必須仰賴父母過活，可是內心卻越來越憎恨他們……甚至想殺了他們。

廣瀨繼續說道：

「之後，少女很幸運地在國內找到了成功配對的捐贈者，加上智久的母親在電視上大力呼籲，終於募集到足夠的資金讓少女動手術。手術的結果非常成功，少女奇蹟似地恢復了健康，也重新回到學校念書。

聽說，智久的母親擔心民眾的捐款，會被少女的父母拿去花用，所以，有關醫院和捐款的事情，都是私下秘密進行的。」

螢的淚水終於奪眶而出。只是，此時流下的淚水和過去所流的不同，沒有悲傷和憎恨，而是內心有一股暖暖的感覺。這是螢出生以來，從未體驗過的感受。

螢第一次有「想要感謝別人」的心情。在此之前，螢身邊的人都只是她憎恨、踐踏，還有利用的對象而已。

包括班上的同學、老師、父母、勇氣，還有修一也是——

「我曾經詛咒世上的一切，包括這個世界、父母和金錢——可是就在這時候，舞出現了。她用自己的命救了我。舞是我的再生父母和心靈支柱。所以我決定繼承舞的遺願。」

螢緊閉雙眼，這麼說道。

「妳曾經說過『命可以用錢買……根本沒什麼大不了』對吧？我剛才說的那名少女，從某方面來說，也是用錢救回來的。可是那些錢，是來自許多善心人士的關心和善意，所以生命並不是「沒什麼大不了」。人生在世，必須靠很多人的支持才能活下去。

聽了這名少女的故事，妳有什麼想法？妳願意改過自新嗎？ＹＥＳ還是ＮＯ？」

螢放聲大哭了起來。因為哭得太厲害，以致於無法言語。

陪著螢一起哭——不，比螢哭得還傷心的修一，蹲在她的後面，用手安撫著她的背。

修一的臉被淚水和鼻水，洗得模糊一片。

螢低頭不語，淚水不停地從臉頰滑落。

海平歪起嘴角，不悅地看著眼前的光景。

——哼，蠢斃了。在演感人大戲嗎？本來，我還以為螢跟我是「臭味相投」，可以好好利用一番的，沒想到卻因為一齣無聊的戲碼而泡湯。無聊透了，簡直跟用飼料訓練的動物沒什麼兩樣。

【6月12日（星期六）晚間11點52分】

「螢，現在妳知道妳的命，是在很多人的支持下才得以重生的吧。這也是妳第一次感受到人情的溫暖。妳現在還想要殺人嗎？只要肯改過自新，妳還是可以重來的。」

廣瀨靜靜地看著眼睛已經哭成一條線的螢。

「好了，放開她吧。」

聽到廣瀨的命令，壓制住螢的那2名警官立刻鬆開手。螢緩緩地撐起身體，蹲坐在地。她抬起淚水盈眶的臉，望著廣瀨。原本沾在臉上的血跡，早已被淚水沖洗乾淨，殺氣騰騰的模樣已不復見。現在的螢看起來，就像個清純、明亮的少女。

「螢，拿去用吧。」

修一從口袋裡掏出一條看起來好像很多天沒洗的髒手帕。打從國王遊戲開始之後，修一不知道為死去的同學哭過多少次，每次都是用那條手帕擦拭眼淚。那條手帕上面，保存著永難忘懷的悲傷和誓言。

「人們為了自己，不管遇到多大的痛苦，都會努力撐過去，我認為這是無庸置疑的。可是，我們會願意為了別人，付出多大的犧牲呢？看到智久為了拯救大家，不惜讓自己變成那副模樣。那是否就是所謂的善體人意、真正的人性呢？」

螢收下手帕，微笑地看著修一說道：

「……謝謝你……」

螢站了起來，往廣瀨的方向走去。

「……我也要謝謝你。」

「不用謝我，妳真正該感謝的，是住在日本的那群善心人士。妳要記得大家對妳的關愛，好好地活下去。」

說完，廣瀨低頭看著手上的錶。

「午夜馬上就要到了。放在桌上的那1億圓現金是為妳準備的，拿去吧。」

修一稍早已經把屬於智久和自己的2億圓現金，裝進布袋裡了。2億圓的鈔票重量非常驚人，雖然修一距離智久躺著的那張床僅有短短幾公尺，可是要用雙手搬動裝有2億圓現金的布袋，實在是件很吃力的事。

修一拖著沉重的腳步，把錢搬到智久床邊。

他把其中一個布袋放在智久的枕頭旁，然後抓起智久的手，讓他握著布袋的束口，自己則是坐在一旁的椅子上，把另一袋現金抱在大腿上。

突然，智久好像起了什麼反應似的，用微弱的聲音說道：

「為了別人……是啊，如果不是為了自己，我們能為別人犧牲到什麼樣的程度呢？」

修一先是訝異地看著智久，可是沒多久，就改以輕柔的語氣對他說道：

「是啊，智久。你為了救全部的人，才會變成現在這個樣子。快了……你就快要可以解脫了……我在說什麼啊！解脫？為什麼我會跟智久說這種話呢？跟白痴一樣。」

海平把他和友香的2億圓現金，放在靠近自己的位置。

螢則是坐在那張堆疊著屬於她的1億圓現金的桌子旁邊。

【6／12星期六23：57　寄件者：國王　主旨：國王遊戲　本文：還有5分鐘　END】

現場5名高中生的手機同時響起，是國王遊戲的簡訊通知。

「廣瀨先生！」

修一壓抑不住焦躁的情緒，像是罵人一樣地叫了廣瀨的名字。

「抽籤的結果到底如何？我記得你說過，第一階段抽中的人數有50萬人。之後如果募集到更多的資金，還會繼續增加名額不是嗎？」

廣瀨看著從剛才就一直瞪著他的修一，緩緩地開口說道：

「我們盡力了，可是只募集到1兆圓，這筆錢只能提供給1萬人使用。」

「只有51萬名學生可以獲救嗎？這麼說，大部分的高中生都要被放棄了？」

「有些高中生，本身就有能力籌到1億圓。」

「你說的那種學生根本少之又少！」

聽到廣瀨和修一的對話，螢忍不住開始顫抖。

「我……我怎麼會下這麼可怕的命令。」

直到這一刻，螢才真正瞭解到，自己犯了多麼嚴重的錯誤。

——我真的可以活下去嗎？

修一轉頭看著螢，好像看出了她內心的不安。

「螢，這不是妳的錯。」

「可是150萬名高中生就要死了。我……我到底做了什麼……那些必須受罰的高中生裡面，也許有人曾經捐款給我……我怎麼會做出這麼殘忍的事呢……」

螢用雙手抱著自己的身體，不停地顫抖，一臉慘白。

「妳要活下去，因為妳還要救更多的人啊！」

看到修一急著安撫螢的樣子，海平冷冷地笑了笑。

修一沒有理會海平，而是繼續安撫螢的背，想盡辦法鼓勵她。然後，他看著智久，對他說道：

「謝謝你，智久。謝謝妳，智久的媽媽。」

【6／13星期日00：00　寄件者：國王　主旨：國王遊戲　本文：還有60秒。　END】

5人的手機再次響了起來。

此時，修一突然站起身，看著螢蜷曲的背影，像是下了什麼重大決定似地用力點頭，然後大聲說道：

「螢，我希望妳以後能一直陪在我身邊！啊、不，我沒有別的意思……不過，也可以說有別的意思。」

螢抬起臉，茫然地看著修一。

「我知道在這個時候跟妳說這些，實在是很不要臉，可是我……」

修一如坐針氈一般，整張臉漲得紅通通的。

螢凝視著修一的眼睛說道：

「我會考慮的——等我彌補自己犯下的過錯之後，再給你答覆。」

手機第3度傳出簡訊的鈴聲。

【6／13星期日00：01　寄件者：國王　主旨：國王遊戲　本文：沒有服從國王命令的高中生，處以失血而死的懲罰。　END】

【6月13日（星期日）午夜0點1分】

突然間，螢開始不停地咳嗽，咳出大量的鮮血。

「咦？螢，妳怎麼了？」

修一滿臉錯愕地看著螢，趕緊拿起桌上的餐巾，摀著螢的嘴。

「冷靜下來，螢。」

螢的眼睛流出一滴鮮紅色的血，就像血淚一樣。緊接著，鼻子、耳朵也開始大量出血。

「……怎麼會這樣呢？螢，這是怎麼回事？廣瀨！為什麼會這樣？」

「我也不知道。馬上叫醫療小組過來！」

廣瀨也焦急了起來。

螢用雙手摀著臉。她驚恐地看著自己的手心，發現上面沾滿了濕黏的鮮血。

「……這是懲罰嗎？可是，為什麼……」

螢全身顫抖，不停地喃喃自語。

「不可能的！螢明明有1億圓現金不是嗎！」

修一帶著凶狠的目光，瞪著廣瀨質問道：

「廣瀨！你真的有幫螢準備1億圓現金嗎？」

「那當然！」

「……修一，我好像受到懲罰了……這也難怪，因為我奪走了150萬條人命……咳咳。」

螢的話還沒說完，又開始劇烈咳嗽，還吐出大量的鮮血，把白色的桌巾染成了紅色。

「妳不要勉強自己說話了！」

修一又拿來另一條餐巾，摀著螢的嘴，不停地幫她拍撫背部。螢輕輕推開修一拿著餐巾的手，對他說道：

「修一……謝謝你對我說……你喜歡這樣的我……真的很謝謝你。」

「螢！」

「要是……能早一點認識修一……也許……我就不會變成這個樣子……說不定，我會變成一個心地善良的女孩子……也不會犯下這樣的錯誤……」

「哈哈哈哈哈！」

突然，大廳裡傳出一陣高傲的笑聲。修一、螢，還有廣瀨反射性地往聲音的方向看去。

「妳還真是可憐啊，螢。」

海平站在那裡，手裡拿著一張1萬圓的鈔票搧呀搧的，另一隻手則是拿著一個盛滿紅葡萄酒的酒杯。

「被自己所下達的命令害死，真是可憐呢。」

「這是怎麼回事，海平！」

修一打算上前揍人。海平拿著鈔票的那隻手突然伸了出去，像是要制止他一般。

「你應該知道，我手上握有可愛的人質吧？一個大腦被控制的可愛人質呢！」

海平一邊說，一邊把酒杯移到友香的頭上，然後慢慢地倒下。友香的頭髮一下子就被紅葡萄酒淋濕了。

紅色的液體沿著髮梢流下，滴落在友香的額頭和臉頰。

「你們敢動我一根汗毛試試看。這次從友香頭上流下的是紅葡萄酒，下次說不定就是血了。」

這段時間，螢的眼睛和耳朵繼續流出大量鮮血。

「螢，本來我還以為我們『臭味相投』。可惜，妳太讓我失望了，居然跟小狗一樣嗚嗚嗚地哭個不停。妳這樣不是跟普通女孩沒兩樣嗎？真是丟盡惡女的臉啊！」

海平走近蜷曲在地上、不停咳血的螢，用腳踩在她的背上。

「妳不是死要錢嗎？妳這個眼裡只有錢、被錢豢養的女人——最後卻被錢殺死，真是悲哀呢。修一，螢愛的不是你，是錢。」

「你這混帳！你到底動了什麼手腳！」

修一怒不可抑地瞪著海平，大聲咆哮。

「螢手邊的1億圓現金裡少了1萬圓，只有9999萬圓。因為我從裡面抽了一張出來。好不容易弄到這麼多現金，沒想到卻因為少了1萬圓而前功盡棄呢。」

修一朝海平撲了過去。

「混帳東西！」

他用左手揪住海平的衣領，右手狠狠地往他的臉上揮去。個頭瘦小的海平支撐不住，整個人往後彈飛，房間內瞬間傳出玻璃碎裂的聲音。

倒臥在地的海平，摸著自己的臉站了起來，眼神中燃燒著不曾見過的怒火。

「我知道你是因為心愛的人受到懲罰才會失控，所以這次我不跟你計較。可是，下次你敢再動我，我一定會讓你不得好死！」

海平用一種令人不寒而慄的冰冷視線，瞪著修一說道。他摩挲著臉頰，重新坐回友香的旁邊。

「咳咳、咳咳。」

螢邊咳邊撐起身體。她的臉沾滿了鮮血，可是看起來卻像一尊無血色可言的蠟像。

「螢！」

修一能做的，就只有不停地呼喚螢的名字，和拍撫她的背。面對自己的無能為力，修一感到痛恨不已。

突然，會議室大廳的門砰的一聲打開，醫療小組匆匆跑了進來。

修一的眼淚和鼻水流個不停，但是這些他都不在乎，依舊呼喚著螢。

「螢！」

「……修一……拜託你……下一道命令……」

「咦？什麼？妳要跟我說什麼？」

螢用虛弱到幾乎聽不見的聲音，似乎努力地想告訴修一什麼事。修一把耳朵湊到她的嘴邊聆聽。此時，廣瀨跑過來，把修一從螢的身邊拉開。

「對不起，我知道時間不對，可是有件事我非問不可！螢，快告訴我，奈米女王失控時的解除密碼，快告訴我解除命令的密碼！」

「很抱歉，我也不知道……密碼……幫不上忙，我很抱歉……下次的命令……」

「……原來妳也不知道……」

廣瀨無奈地嘆了口氣。

「廣瀨先生……請你……原諒我。我很怕一再地受到傷害……也不想跟人有所牽扯……所以我選擇了逃避。我想逃離我的人生……可是不管怎麼逃……還是逃不過這個考驗。我是個只會逃避的弱者……我想要跟對我伸出援手的那些人說聲……謝謝……我是真的打從心底……感謝他們。」

螢再次看著修一，用僅剩的力氣，斷斷續續地說道：

「……修一，你要終結國王遊戲……解救大家……」

修一用力拍著自己的胸脯，臉上露出開朗的笑容。那是他咬著牙，拼了命擠出來的笑容。流個不停的淚水就是最好的證明。

「……謝謝你，修一……你要好好照顧智久喔……」

螢帶著一抹淺笑，望著修一的臉。她伸出手想要去觸摸，但是最後，手還是垂了下來。就這樣，螢靜靜地閉上了眼睛。

修一靜靜地把螢的身體放到地上，緩緩地站起身來。他瞪著海平，眼裡燃燒著怒火。

「海平，我不會輕易放過你的。」

修一的眼淚已經流乾了。

除了螢之外，修一、智久、海平、友香4個人的手機，同時響起了簡訊的鈴聲。

海平從口袋裡掏出手機，打開畫面。下一個瞬間，海平突然睜大了雙眼。

第5章

命令6

6/13 [SUN] AM 00:02

【6月13日（星期日）午夜0點2分】

【6／13星期日00：02　寄件者：國王　主旨：國王遊戲　本文：這是住在日本的所有高中生一起進行的國王遊戲。國王的命令絕對要在24小時內達成。※不允許中途棄權。＊命令6：A・只有高中生可以活下去、B・只有高中生以外的人可以活下去。請在兩者之中進行投票。※投票方式為輸入『A』或『B』回覆這則簡訊。本次投票無須記名。可更改投票決定一次。　END】

「這個遺言可真是有趣呢。」

海平歪著嘴，露出邪惡的笑容。

修一也打開自己的手機，確認簡訊的內容。

「只有我們能活下去……或者，只有我們以外的人能夠活下去……由我們自己做決定嗎？選A的話……父母就會受到處罰而死。選B的話，死的就是我們……螢，如果妳還活著，妳會選A還是B呢？」

「哈哈哈哈！」

室內迴盪著刺耳尖銳的笑聲。

「你說，要是她還活著，會選A還是B嗎？那還用說！當然是選『A』，只有高中生活著的世界啊。因為螢自己就是屬於『A』啊。不過，死人的意見已經不重要了。之前我不是說了嗎？人死了之後就跟塵土沒什麼兩樣啦！」
海平瞥了一眼緊咬著牙的修一，不屑地哼了一聲。
「我看，這次的命令不用投票就知道結果了。從遊戲開始到現在，藉著傷害別人、踐踏別人，不計一切手段倖存下來的高中生們，現在怎麼可能犧牲自己，成全別人呢？」

「果然還是行不通……」
廣瀨掛斷通話後，一臉苦澀地喃喃自語。那通電話是六本木新城大廈內特別對策室的一名調查員打來的。
特別對策室裡負責破解程式的網路犯罪對策課的5名調查員，在6月12日晚間11點左右，都被螢殺害了，對策室只得趕緊增補新的調查員。
從6月12日天還沒亮開始，調查員們便不眠不休地想辦法要刪除螢所設下的命令6。可是就在命令快要刪除成功之時，螢突然衝進對策室裡，把程式搶了回去。
一名調查員在臨死之前，把電腦的插頭拔掉，導致之前沒有備份的資料，全部都遺失了。
雖然新來的調查員們絞盡腦汁想要搶救遺失的資料，可是要在不到1個小時的時間內完成補救作業，實在是難如登天。
杉山用力打開大門，直接跑進大廳裡。
「越來越多人投票了。高中生們在回覆國王簡訊的時候，不是輸入『A』就是輸入『B』。裝有奈米女王程式的電腦，會即時把投票結果顯示出來。」

「最新的投票統計呢？」

杉山看著手裡的紙條，不知該如何啟齒。

「到底怎麼樣？」

「……到0點10分為止，選A的有3萬543票，選B的……只有3票。」

廣瀨緊咬著牙，難得把內心的焦慮表露在臉上。

「大家的反應，果然跟我想的一樣。」

一直站在後方聽他們兩人交談的海平，突然插嘴說道：

「我倒想看看，接下來的24小時，選A的人會有多少，不過，不用看也知道結果。」

海平悠閒地走到兩人面前。

「廣瀨先生，我們就要說再見囉！人啊，畢竟還是會把自己的命排在第一，就算有人選擇【B】的【只有高中生以外的人可以活下去】，也會遭到大家強烈的排擠……搞不好還會被殺掉。除非，那個人本來就不想活了。」

修一不甘心地咬著牙，狠狠地瞪著海平。

「我要統治這個國家。我要擁有絕對的權力。只要能擁有　奈米女王，大家一定會臣服於我的領導！」

海平從桌面上的棋盤拿起國王的棋子，然後用那顆棋子，把棋盤上剩餘的城堡、主教、兵全部掃倒。

「妨礙我的傢伙，全部都要淘汰。」

海平把國王的棋子放在較高的位置，就像在傲視其他倒下的棋子般。

「當然，能待在國王身邊的皇后就是妳了，友香。」

他看著坐在一旁的友香，臉上露出詭異魅惑的笑容說道。

「友香，我們一起創造理想的國家吧。在那個國度裡只有高中生，他們都會臣服於我們的領導。」

「不要胡鬧了！你以為事情會如你所願嗎！」

「那麼，修一，你要選A嗎？」

修一因為憤怒，全身不停地顫抖。

海平的笑聲在大廳裡迴盪著，聽起來既詭異又狂妄。

修一站在廣瀨的面前，低頭說道：

「求求你，讓智久清醒過來吧。只要跟他在一起，不管多大的困難，我都可以克服。我需要智久！我要跟他一起奮戰到最後一刻……而且，能夠幫助友香脫離心智控制……解除洗腦的人，就只有智久了。」

廣瀨閉著雙眼，陷入長考。

「好吧，我會和醫療小組商量看看。」

在廣瀨的指示下，醫療小組和常駐的大學研究班，開始討論如何讓智久恢復意識的方法。其中有個人提議說，也許可以給智久施打嗎啡。因為以前曾經有醫生提出這樣的觀點，希望能藉由緩和肉體的痛苦，讓患者混沌的意識，暫時恢復清醒。

只不過，智久的臟器已經開始溶解，甚至可以說，他的身體正在轉變成一個完全的單細胞。在這種情況下給他施打嗎啡，能收到多少效果也是個未知數。

聽到醫療小組的討論結果，廣瀨指著病例表說道：

「就給他施打嗎啡吧。只要有一點可能性，就不要放棄——還有，傳令下去，在日村海平……不、修一和友香的也要，在所有人的餐飲裡添加安眠藥。」

【6月13日（星期日）清晨6點4分】

奪走螢以及其他許多高中生寶貴生命的哀傷之夜過去了，首相官邸的周邊，一如往常般迎接平靜的早晨。

大概是飲食裡面被摻了安眠藥的緣故，海平、修一、友香3個人在接待室的沙發上，像死人一樣沉沉地睡著。他們已經連續好幾天都不曾好好闔眼休息，在身體和心理的疲勞累積到極限的時候投以安眠藥，效果的確很不錯。3個人睡得很熟，絲毫沒有要醒來的跡象。海平睡覺時，還緊緊地抱著友香。

廣瀨坐在官房長官辦公室的沙發上。也許是睏了的緣故，眼神看起來有點木然。就在這時候，杉山端著咖啡進來說道：

「長官，您也快撐不住了吧，要不要睡一下？」

聽到杉山的聲音，廣瀨突然回過神，抬起臉看著他說道：

「不，我沒關係——不過，你叫我睡一下，怎麼還端咖啡來？」

「因為我知道您一定不會去睡——我已經照您的吩咐，在那些孩子的餐點裡面加了安眠藥，現在他們3個人都睡得很熟呢。可是有件事我不懂，為什麼您不把海平那個少年關起來，任由他四處走動呢？」

「他只是個年輕人，如果我要他死，隨時都可以下手。反正他現在人在我們這裡，只要我一聲令下，要關要殺，都易如反掌。不過，還是得派人隨時盯著他。總之，讓他們多睡會兒吧，尤其是修一，必須要讓他充分休息才行。我也不確定這孩子能不能成為我們的戰力，但是至少要讓他恢復體力——對了，杉山，我把政府官員在網路上煽動自殺的言論責任推給你，實在是很過意不去。」

「沒關係，我相信長官的決定。」

廣瀨看著杉山的眼睛，無力地笑著說道：

「謝謝你……我好像很多年不曾真心地對人說『謝謝』了。我總覺得自己說『謝謝』的時候，好像都是言不由衷。不過我是真的很感謝你，因為你最瞭解我，而且一路追隨我。」

「這是我的榮幸。自從您的家人去世之後，您就很少像今天這樣說話了。那件悲劇發生至今，已經過了5年的時間。他們的忌日又快要到了呢，您今年還是會去獻花祭拜嗎？」

廣瀨沒說『別再提那件事』，只是伸手接過咖啡，一口一口地啜飲起來。

「杉山……有關上個星期六，20國領袖開會討論，是否要把日本從地圖上刪除，或是要把日本的國都遷移到其他國家，重新建國的事，之後有什麼新的進展嗎？」

「……好像還沒有做出最後的結論。不過有件事，我必須向您報告。我們收到最新消息，鄰近的核武國家已經達成協議，一旦日本發生緊急事態，可以對我國動用核子武器。」

「是嗎？以前我曾經聽說過，只要發射4枚核子彈，就足以把日本完全毀滅。只要4枚就夠了——」

廣瀨轉頭看著杉山，說道：

「杉山，我想一個人靜一靜。」

杉山拿著剛才端咖啡的盤子，退出官房長官辦公室。廣瀨喝了一口咖啡，閉上眼睛陷入沉思。

「要是日本消失的話，以後連獻花的地方也會消失不見吧。」

——如果日本國內只剩下高中生存活的話……這個國家會變成什麼樣子呢？他們能夠以對等的立場，和外國進行交涉嗎？如果真的變成那樣的話，日本從世界地圖上消失的事，應該也不遠了。

【6月13日（星期日）上午8點2分】

「廣瀨長官，最新計票結果出來了。」

杉山像是要把門打破似地用力推開大門，跑進大廳裡。

「A有22萬4375票，B有3234票。」

「是嗎？」

廣瀨嘆了一口氣。

「照這情況看來，結果應該就是A了。」

廣瀨把手搭在杉山的肩膀上說道：

「命令不是說【可更改投票決定一次】嗎？倖存的高中生們，當他們的生命被放在天秤上的時候，會做出什麼樣的決定呢？——這些高中生也有父母和兄弟姊妹吧。如果選擇自己活的話，就等於是殺死父母和兄弟姊妹。所以這次的命令，並非單純只是選【A】或【B】的問題而已，而是拿大家的命在測試。」

大約32小時之前，躲在六本木《New Club OMEGA》店內的螢，就坐在一台裝有奈米女王程式的筆記型電腦前面，敲打著鍵盤。

《儘管去煩惱吧，看是要保住自己的命，還是要保住其他人的命——我一出生就無法決定，由自己來保護自己的生命。我的父母寧可選擇金錢，也不願選擇保護我的生命……沒有一

個人對我伸出援手。所以，我也要讓你們體驗看看……選擇自己想保護的生命，或是選擇應該受保護的生命，是多麼痛苦的一件事。》

輸入命令之後，螢重新把內容再唸一次。瞬間，她的視線停在某個段落，然後又喀噠喀噠地敲打著鍵盤。

【可更改投票決定一次】

加了這一行字之後，她又從頭唸了一遍，最後才按下 Enter 鍵。

全黑的電腦螢幕上，映出了螢的臉。那是一張帶著溫和笑容的臉。

螢在最後一刻增加的那一行字，是她僅存的一絲善良——也許，她對和自己同年齡的高中生們，還抱有一絲微小的期待吧。

廣瀨走到窗戶旁邊，往下看去，外堀大道上已經完全沒有人車經過了。

「剛看完命令內容的那段時間，大部分的高中生一定會選A吧。可是距離投票結束還有一段時間，如果在這段時間發生了什麼重大的事件——例如，有人出面帶頭呼籲的話，說不定會改變學生們的想法——在時間截止之前，還有改變決定的機會。也許，螢也在期待這微乎其微的希望吧。」

廣瀨看著修一、海平和友香熟睡的沙發。

修一張著嘴巴睡得很熟，嘴角還流著口水。

海平則是安靜地睡著，就像死去一樣，沒有發出任何聲音。

廣瀨重新端詳海平。細瘦的身材、雪白的肌膚，五官還保有些許的稚氣，看起來就像個女孩子。實在讓人很難想像，他會是那個殺了無數高中生，還能發出得意笑聲的殺人魔。

——由這名年輕人帶領日本？怎麼可能……根本是痴人說夢。他的個頭這麼瘦小，很快就會被其他高中生取而代之吧？然後，日本將會變成一個無法無天、道德淪喪的……惡魔世界。一個靠暴力取勝、弱肉強食的瘋狂世界。

「先不要叫醒他們好了，讓他們再多睡一會兒吧。不管結局如何，真希望這是最後的命令了。」

【6月13日（星期日）上午11點34分】

「喂，你選哪一邊？」

在北海道的文化、經濟中心札幌，有兩名男高中生坐在大道公園的椅子上交談。日本全國的高中生們，應該也都在討論同樣的事吧。

北海道沒有梅雨，所以這段期間可以說是最涼爽宜人的季節，也是札幌的旅遊旺季。往年到了這個時候，來自各地的觀光客就會大量湧入札幌，欣賞北海道的自然美景和品嚐鮮美的海陸大餐。

可是，現在這個北海道引以為傲的觀光勝地，卻像一座空蕩蕩的鬼城。因為這裡的居民不是逃到國外，就是慘遭高中生殺害，還有一些人因為受到懲罰而喪命。

「……我……還沒決定……」

被問到的少年這麼回答。他是一個雖然高，但是外表看起來弱不禁風的高中生。班上的同學還以他的外表，幫他取了一個「黃瓜」的綽號。

「喂，你該不會選B吧？」

另一名留著三分頭、體格壯碩，綽號叫「和尚」的男學生靠過去問他。黃瓜和和尚這兩個人是高中同班同學，而且都是柔道社的健將。體格壯碩的和尚擅長使用寢技，借著自己的體重打敗對手，是這個地區數一數二的高手。

而黃瓜的外表看似瘦弱，卻擅長足技。據說在社團裡，他的實力並不亞於和尚，而且這兩個人還是公認的競爭對手。

「……還沒有啦。」黃瓜回答道。

黃瓜是家裡五個兄弟姊妹中的長男。最小的弟弟今年才3歲，另外還有5歲、9歲、12歲的妹妹。如果他選A的話，不只他的父母，連年幼的弟妹都會死於非命。

「可是，我真的不知道該選哪一邊。」

最新的計票結果，只有在六本木新城大廈的特別對策室裡，那台裝有奈米女王程式的電腦才看得見。

廣瀨和其他的政府官員，一直都在密切注意票數的變化。不過，為了避免引起混亂，他們並沒有告知民眾關於計票的事，所以大家並不知道，他們可以即時獲得最新的計票結果。

「我知道你很擔心你的弟弟妹妹，可是如果只能二選一的話，還是要選擇自己的命。你的一票，不只關係到你自己的生死而已……說不定，我也會因此而送命耶！」

「你也說得太誇張了吧……我只有一張票而已啊……」

和尚從牛仔褲口袋裡掏出手機，打開螢幕給黃瓜看。

「你看這個！」

那是簡訊的畫面。寄件者的欄位是一個黃瓜完全不認識的名字。

【6／13星期天10：29　寄件者：紀田　主旨：Re：Re：Re：Re：緊急情報　本文：這是從政府內部流出來的消息。上午10點，也就是現在的最新計票票情況是A和B出現拉鋸戰。政

府似乎也對這個數字大感意外。聽說政府為了拉高B的票數，使盡各種骯髒的招數。不但綁架那些看起來像高中生的年輕人，還搶走他們的手機，把票投給B。那些政客和官僚只在乎自己的死活而已。看到這則簡訊的人，趕快投票給A。由於每個人都有一次更改的機會，所以建議大家連續投兩次票，這樣就不能更改了。請把這則簡訊，傳給你們所認識的高中生朋友。我們的生命必須靠自己來捍衛。】

「……這是真的嗎……」

黃瓜說不出話來。他很難相信，政客和官僚竟然會使出綁架高中生這麼強硬的手段。

「雙方的得票數陷入拉鋸戰……這怎麼可能……政府居然如此蠻橫……」

因為在黃瓜的內心，也認為最後贏的應該是A那邊才對。

大家應該都會以自己的生命為優先才對。就算家人會因此犧牲，也不可能因為這樣，就連自己的命都不要。所以出現這樣的結果，實在令人難以置信——

「這則簡訊可能是真的，也可能是捏造的。但是不管如何，這些都不重要了！如果大家不選A的話，那我們——」

和尚睜大眼睛瞪著黃瓜，眼睛裡面布滿了密密麻麻的血絲。

「我知道了……」

看到和尚幾乎撐到極限的眼睛，和熊熊燃燒的壓迫感，黃瓜終於屈服了。他用顫抖的手拿出手機，在簡訊的回覆畫面上輸入【A】，然後連續按2次傳送。

黃瓜把【已傳送】的畫面拿給和尚看。可是和尚還不死心，繼續說道：

「就算投完票還是不能掉以輕心。如果大人們知道票數處於拉距戰，不知道又會耍什麼詭計。說不定會攻擊高中生，搶走手機。現在市區內倖存的高中生已經組成了自衛隊。所以，我們現在不能單獨行動，大家要團結起來，抵抗大人的攻擊。」

同一時間，東海地區靜岡縣縣政府所在地的靜岡市，有一名年約30來歲，在市公所上班的職員躺在自家床上，意興闌珊地發著呆。突然，他的手機收到一則以【緊急情報】為名的簡訊。

今天是星期天，不用上班。不、就算要上班，也去不了。

電視以跑馬燈字幕的方式，不斷地重複播放，所以他也知道這次命令的內容。

——高中生現在不是正在投票嗎？想也知道A一定會贏。換作是我，也會投A。我的末日已經到了嗎……

男子並不認識簡訊的寄件者，以為又是垃圾信。不過，儘管內心稍有遲疑，最後還是打開了簡訊，查看裡面的內容。

——反正今天就要死了，管他是惡作劇電話，還是詐騙電話，都無所謂了。

可是當他看完簡訊的瞬間，臉色突然大變。

「這是怎麼回事……？」

男子原本以為自己今天必死無疑，甚至已經開始自暴自棄，可是現在卻收到【票數陷入拉鋸戰】的簡訊。

——這消息是真的嗎？如果是這樣，不就表示我還有活命的希望？該怎麼做……怎麼做才能讓B那邊贏呢？

男子趕緊把收到的簡訊，分享給所有他認識的人，主旨是【還有希望！】。

傳完簡訊後，他又打電話給住在附近的同事。

「喂，看到我傳的簡訊沒？我們還有活命的機會！」

『你在說什麼！是不是死期將近，腦筋也變得不正常啦？什麼活命的機會……』

「你先看我的簡訊再說吧！」

他和同事的通話暫時中斷，沒多久，來電顯示畫面亮了起來。

『喂！我們現在該怎麼辦？』

那名同事很快就回了電話。

「我現在能想到的方法，就是阻止剩下的高中生繼續投票。還有，那些已經投過票的學生，也要想辦法讓他們把票轉投給B。」

他握著手機，滿身大汗地說道。

「……總之，就算不擇手段也要阻止他們，知道嗎？」

手機另一頭的同事點點頭，咕嘟地嚥了一下口水。

『……我知道了。』

因為一則來自陌生人的簡訊，讓大人們和高中生之間的關係再次陷入緊張的氣氛。命令3所引發的悲劇，很可能隨時會再度上演。

首相官邸內官房長官辦公室的門，傳出了敲門聲。

「進來吧。」

「廣瀨長官，下午12點的最新計票結果已經出來了。」

原本盯著辦公桌上一疊外務部機密文件的廣瀨，抬起臉問道：

「是嗎？結果怎麼樣？」

「A是34萬6754票，B是4510票。」

【6月13日（星期日）下午4點13分】

這天過了中午之後，全國各地便陸續傳出高中生集體攻擊大人的暴力事件。高中生們拿著球棒和利刃，只要一發現大人，不分性別和年齡，立刻蜂擁而上開始圍毆。許多大人因此被打成了殘廢，甚至傷重死亡。

而大人們這邊，當然也不願坐以待斃。

他們跑到高中生可能聚集的學校宿舍和KTV包廂，一看到高中生就先痛揍一頓，然後用繩子將他們綑綁起來，搶走他們手機，按下回覆【命令6】的簡訊。

日本再一次成了大人和高中生火拼的地獄。

針對各地爆發的集體攻擊事件，首相官邸緊急召開會議，討論因應的對策。

「不管怎麼調度，警力還是嚴重不足。情況已經一發不可收拾了，再這樣下去會演變成內戰的。」

杉山向坐在官房長官室辦公桌後頭的廣瀨，滔滔不絕地進行簡報。廣瀨兩手交握放在前額，眼睛始終閉著。

「廣瀨長官，您對眼前的混亂情況，難道要坐視不管嗎？」

「最新的計票結果呢？」

「請您等一下。」

杉山馬上打電話給特別對策室。

「A的票數增加速度，好像有減緩的趨勢。目前是36萬票。到了下午，選B的票數明顯增加，聽說達到5萬票了。」

「選B的票數增加，可能表示有許多高中生遭到殺害了吧。」

廣瀨抬起臉，看著杉山問道：

「智久的情況怎麼樣？」

「脈搏很不穩定，心跳的頻率也很混亂。教授說，恐怕撐不了幾個小時了。不過，不知道是否因為施打嗎啡的關係，智久偶爾會醒來，只是都斷斷續續的。」

「馬上通知各家電視台，說政府要召開記者會，要求他們進行現場轉播。另外，收音機和各大入口網站，也要以頭條的方式向民眾進行即時轉播。」

下午5點，在首相官邸內的會議室裡，廣瀨在NHK以及各家民營電視台攝影機的層層包圍下，當眾宣布：

「我們有好消息向大家宣布，對付國王遊戲病毒的抗體，就快要完成了。到時候，國王遊戲便可以劃下休止符。所以，請高中生們盡快往千代田區的首相官邸集合。等抗體完成之後，隨時可以進行注射。剩下的時間不多了，哪怕是多一個也好，我們希望能夠給更多的學生施打抗體。

再重複一次，剩下的時間不多了。全國的高中生請盡快到首相官邸集合。」

這場記者會播出之後，全國各地的暴動情況陸續平息了。儘管大家心裡多少還是有疑慮，可是終究難掩內心的興奮，高聲歡呼「無能的政府總算有所作為了」。

各大交通機關投入大量的人力，重新開放飛機、新幹線、巴士等交通工具，讓高中生們免費搭乘。

倖存的高中生陸續趕往東京。「得救了！國王遊戲總算要結束了，我們大家不用再受苦了！」大家無不感到歡欣鼓舞。

【6月13日（星期日）晚間10點4分】

「現在是晚上10點，A的票數是42萬5464票，B是7萬340票。」

廣瀨在官房長官辦公室裡，每隔1小時就聽取一次最新計票結果。

「票數相差太懸殊了。98％的高中生已經完成投票，其中只有1％左右改變投票結果，大概是7萬人。」

「這麼說，還有43萬名高中生可以更改投票，對吧？從數字上來看，B還是有希望在最後一刻反敗為勝。」

廣瀨無奈地笑著說道。他的臉色看起來非常疲倦。

「8000萬名日本國民就要接受處罰了嗎？——智久的情況怎麼樣了？」

「脈搏和心跳比剛才更不穩定……而且……」

「怎麼了？」

看到杉山欲言又止的樣子，廣瀨焦急地催促他把話說完。杉山向臉色蒼白的廣瀨開口說道：

「從剛才開始，智久的頭髮、睫毛、體毛……全身的毛髮幾乎都脫落了。皮膚的顏色也漸漸變得白皙透明……雖然心臟還在跳動……可是看起來就像是另外一種生物。」

「為了抗體前來的高中生呢？已經來了多少人？」

「學生們的動作很快，已經來超過10萬名了。現在他們分別在國會議事堂、日比谷公園等待。」

此時，辦公桌上的電話突然響起。從鈴聲判斷，應該是官邸裡的內線。

『廣瀨先生，我想拜託你一件事。』

廣瀨一拿起話筒，便聽到電話另一頭傳來急切的說話聲。

「是修一嗎？發生什麼事了？為什麼那麼慌張？」

「請你安排我再上一次電視吧！」

「到底發生什麼事了？」

『剛才……我聽到輔佐官們在談論10點的計票結果，我也聽到數字了……幾乎所有的高中生都投過票了吧。

我有一些話，一定要告訴那些倖存的高中生才行。』

「用電話說不方便，你到我辦公室來，把詳細的情形說給我聽。」

晚上11點過後，首相官邸的會議室內，再次集結了大批電視台的攝影機。有無線電視台、衛星電視台、有線電視台等，總計約有10台以上的攝影機。

廣瀨將他們召集到此的目的，是想透過家庭電視和街頭的大型螢幕等工具，在全國各地進行實況轉播。另外，聚集了大批等著施打抗體的高中生的日比谷公園和國會議事堂，也陸續搬來了大型的電視螢幕待命。

在聚光燈的照射下，修一站在各家電視台攝影機前。他旁邊還放著一張輪椅，智久就坐在上面。

廣瀨站在攝影機旁邊，神情肅穆地看著他們兩人。

海平坐在廣瀨旁邊，滿臉疑惑地看著修一。因為沒有人告訴他，修一打算做什麼。友香坐在海平身邊，眼神還是一樣呆滯。

修一緩緩地張開嘴，開始說道：

「大家晚安，我叫渡邊修一。跟我同樣都是高中生的朋友們，請大家聽我說。

這段時間以來，我們因為國王遊戲的關係，承受了難以想像的折磨。原本相親相愛、互助合作的男女同學們，突然被迫要互相殘殺，現在還被下令必須殺死大人——

我的很多好朋友們都因為國王遊戲，失去了寶貴的生命。我也看到許多高中生，他們為了保護自己所愛的人，不惜犧牲自己的生命。看到這樣的人，我心裡總是有無限感動，覺得『他們真是了不起』、『換作是我才不可能那麼做』。」

修一深呼吸之後，繼續說道：

「現在國內倖存的高中生……廣瀨先生，人數大概是多少？50萬名左右對吧？而高中生以外的人……因為其中有很多人遭到攻擊而死、或是逃到國外避難，所以人數大減，不過應該還有８０００萬人左右吧？50萬人和８０００萬人，就算我是傻瓜，也知道哪一邊人數比較多……電視機前面的高中生們……請允許我稱呼大家為『朋友』吧。為了我們國家的未來，應該選擇哪一邊？該怎麼做才是最好的，我想，你們心裡應該都很清楚才對。」

海平環抱著手臂，用冷峻的眼神瞪著修一的側臉。

「媽，妳正在看現場轉播嗎？我知道妳很擔心我，還打了很多通電話給我，可是都被我拒接。不過現在我已經解除封鎖了，真的很抱歉。還有一件事，我非得向您說聲對不起。這件事我想留到最後再說。

現在，我想拜託您一件事。我藏在棉被底下的那些色情書刊，都不是我的，請幫我丟了吧。那些書是智久硬塞給我，我不得已才收下的。雖然數量很多，不過都是別人送的，請您不要誤會喔。早知道，在離開廣島之前，我就應該把那些東西處理掉才對。」

說到這裡，修一的手機突然響起，他瞥了一眼之後，說道：

「……我媽看到轉播了。」

修一拿起手機接聽。

『媽媽早就知道你在棉被下面藏好幾本色情書刊了。你以為那樣可以瞞得了媽媽嗎？你把班上女生的臉部照片割下來，貼在色情雜誌上的事，媽媽也知道。我跟你爸爸提起這件事的時候，他還笑著說，咱們家修一已經是大人了呢。』

「老、老媽，妳幹嘛跟爸討論這種事啊！」

大概是心情緊張的緣故，修一的眼神變得閃爍不安。

『我把電話拿給你爸，他說有事情要跟你說。』

『老爸？不……等一下……等一下，老媽……』

『拒接老爸電話？這還得了！兒子，你已經做好心理準備了嗎？俗話說，知子莫若父，這話說得真好。你以為是誰把你養到這麼大的。』

「……是老媽和老爸。」

『知道就好。』

修一點點頭，像是在回答父親的話。他很認真地看著電視攝影機說道：

「老爸……對不起，兒子將來沒辦法陪您喝酒了。您一定很期待吧——老爸，一定要跟老媽一起幸福地活下去喔。不要喝太多，給老媽添麻煩。」

『你在說什麼傻話，修一。不用你說，老爸我也不會給你媽添麻煩的。』

「我這個傻兒子，常常惹你們生氣，可是最近我變得懂事多了。我想到一個報答你們的最好方法，那就是……投票選B。我想要保護老爸和老媽，我不希望因為我的選擇，害你們死掉。俗話說，白髮人送黑髮人是最不孝的，可是請你們要體諒我這個兒子。」

『你在說什麼傻話！修一！』

「我已經下定決心了！對不起，盡是聊我們家的私事——我還要介紹一個人，給正在看電視的高中生們。」

海平把腳踏在椅子上，不屑地「哼」了一聲。

「哼，眼淚攻勢？太天真了吧。你以為現在的高中生，會相信這種假惺惺的演技嗎？」

修一用手指著坐在輪椅上，垂著頭的智久。他的頭髮、眉毛、睫毛，幾乎完全脫落，臉色看起來像瓷器一樣雪白。透過電視機看到這一幕的高中生們，無不倒抽一口氣。

「這邊這一位，是我的好朋友智久。剛才政府不是宣布『抗體已經快要完成了』嗎？他就是不惜犧牲自己，在體內製造可以終結國王遊戲的抗體的智久。抗體並不是政府研究的，而是智久用他的命換來的——抗體完成後，智久也會死去。

也許有人會想，既然都已經死了這麼多人，多死他一個也沒差……可是我還是希望大家能聽一聽為了救大家，決定犧牲自己的智久說話，好嗎？」

攝影師們把鏡頭對準智久。

智久慢慢地睜開眼睛，虛弱無力地抬起那張毫無血色的臉，對著攝影機開口說話。但是聲音小得讓人幾乎聽不見。

「……我有一個……一直和我並肩作戰……抵抗國王遊戲的好朋友。我們兩人決定……要在其中一人體內製造抗體，解救大家……

那個人有很多朋友……班上同學也都很喜歡他……所以，我就這麼跟他說……

『有很多朋友都在等你回去，所以，用我的身體來製造抗體吧。』可是……不管我說什麼，他就是不肯答應。

他是個很堅持、正義感很強，可是也很頑固的傢伙，所以我常常拿他沒轍……可是這次，說什麼我也不能依他。因為，他是那個必須活下去的人。最後，他終於屈服了……當然，他非常後悔就是了。」

在攝影機燈光的照射下，智久的臉上反射著異樣的白光。

「本來……我跟那個人約好了。我跟幸村約好了。

我決定要救大家，幸村也是。所以我就跟他說，你要好好活著，代替我好好地活下去……然後找一個好對象，結婚生子，創造美滿的家庭。

幸村答應我。他說為了不忘記我……將來他要是有兒子的話，一定會給他取恩人的名字，也就是『智久』，然後全心全意地……扶養他長大。

可是，他卻……比我先死了。」

會議室的大門緩緩地開啟，一名穿著制服的女警站在門口，旁邊還站著另一名少女。那名少女的臉看起來髒兮兮的，沾滿了炭渣，頭髮還有燒焦的痕跡。

原本應該是純白色的上衣，也變成了黑色，裙子更是破爛不堪。

「廣瀨長官，這位叫兒玉葉月。她好像認識金澤伸明、本多智惠美、本多一成、岩村莉愛這些曾經被捲入國王遊戲的人。還有，放火燒毀夜鳴村的人也是她。」

葉月揮開女警的手，一步步走向智久。

她凝視著智久的臉，說道：

「終於見到你了。我一直想見你呢。因為我有話必須要跟金澤伸明說。」

「妳在說什麼？金澤伸明早就……」

女警跑上前，想要制止葉月。

「等一下。」廣瀨拉住女警的手，阻止她。

「讓她繼續說吧。以前我們認為難以置信的事……現在都變成了現實。我想，金澤伸明的精神正在智久的體內慢慢萌芽——現在的他正在努力和無法對抗的命運搏鬥……死去的人就要復活了。儘管只有記憶和意識。

他們要讓帶給這個世界莫大災難的國王遊戲，劃下休止符。」
廣瀨瞇起眼睛，好奇地看著葉月和智久說道：
「聽到這位叫葉月的少女所說的話，智久會有什麼反應呢？」
此時，杉山一臉天塌下來的表情，匆匆地跑到廣瀨身旁，在他耳邊低聲說道：
「我們剛剛收到最新情報，日本可能會遭受核彈攻擊。目標是新潟、東京、大阪、福岡。」
「……他們打算葬送日本，終結這一切嗎？」

葉月張開雙手往智久走去，看起來就像母親找回了失散多年的孩子一樣。
「終於找到你了。我一直在找你呢。」
「妳是誰？」智久疑惑地看著葉月說道。
「我是兒玉葉月。我知道過去的國王遊戲所發生的一切，還有金澤伸明是怎麼跟國王遊戲對抗、最後怎麼死的。除了他之外，我還知道其他被捲入國王遊戲的人發生了什麼事。
本多智惠美要傳達給金澤伸明的話，我一直藏在心裡。今天來這裡，就是為了把那些話說給金澤伸明聽。智久，你聽我說。」
「我？為什麼是我？」
智久的記憶和意識，再度陷入嚴重的混沌之中。葉月握著他那猶如老太婆般冰冷的手，說道：
「本多智惠美臨死之前，手也變得跟你一樣。她的外型變得像個老太婆，最後抱著無法實現的願望，被金澤伸明殺死了。不、正確說來，應該是她故意設局，讓金澤伸明殺死她。

那個願望，就是終結國王遊戲。她要金澤伸明終結國王遊戲。智惠美被金澤伸明勒死的那一刻，心裡就是抱著這樣的心願。【希望伸明能夠連同大家的份過著永遠幸福的日子，我相信這樣的未來。】——她希望金澤伸明能夠終結國王遊戲，為那些死去的同學而活，過著幸福的人生。」

智久臉上泛起了微笑。笑容看起來非常溫柔祥和。

「我突然想到，對葉月來說，天堂是個什麼樣的地方呢？」

「咦？不知道。」

「想出這個問題的人，是金澤伸明。伸明的好友橋本直也，在臨死之前，這麼回答他：『那裡一定是個很美好的地方，因為去了天堂的人，從來沒有人回來過。』他的意思是，天堂是一個美好得讓人不想回到人間的樂土。

金澤伸明跟直也這麼說道：『我想，天堂存在於每個人的心中。這樣好了，比方說我們心裡祈禱著，某個人死後能夠上天堂，過著幸福的生活。之後，每當想起這個人時，就會想到那種幸福的感覺。天堂是很美好的地方，而我們心愛的人，也會一直活在我們心中的那個天堂。』直也、莉愛、香織、真美、明、佳奈、大輔、秀樹，還有健太、遼、愛美、美月、里緒菜、輝晃，大家一起啟程吧！」

「智久，你也知道直也、莉愛和健太的名字嗎？」

「不只知道名字，連他們的長相、脾氣，我都很清楚。回憶就好像觸手可及一樣，大家的笑臉也都那麼清晰可見——我想，這一定是金澤伸明的回憶吧。

智惠美——妳啟程前往天堂那一天的情景，還有我們一起度過的那些日子，我沒有一刻忘記，當時真的好幸福。現在，國王遊戲終於要劃下休止符了。我也沒有遺憾了。

雖然我現在變成這副模樣，可是我……我……葉月，我要向妳說謝謝。我已經了無遺憾了。」

智久「吁、吁」地喘著氣，肩膀因為痛苦而上下起伏。他很努力地把一字一句串起來，用他僅剩的生命，繼續說下去。

「智惠美……我現在就去找妳，把那句沒能來得及說的話……說給妳聽。」

智久重新轉頭看著攝影機的方向，淚水從他的眼眶滑落，眼神充滿了包容一切痛苦的慈悲。智久閉上眼睛，身體慢慢地往前傾，然後整個人從輪椅上跌到地面。智久一面爬，一面往攝影機的方向伸出手。

「高中生有50萬人。除了他們以外的人，還有8000萬以上。這些人之中，有你們的爸爸、媽媽，以及兄弟姊妹。各位，你們忍心讓自己的爸爸媽媽死去嗎？你們忍心讓兄弟姊妹死去嗎？要珍惜你們所愛的人啊！」

【6月13日（星期日）晚間11點34分】

「廣瀨局長！」

年輕的秘書官闖入會議室裡。

「數字……修一和智久在電視上發言之後，投票結果發生重大的變化了。」

秘書官看著手裡的紙條，繼續說道：

「11點30分的最新計票結果，A是29萬票，B是21萬票。票數一下子拉近了許多。」

廣瀨把秘書官手上的紙條搶過來。

「為什麼會這樣呢？」

在聚光燈的照射下，修一拼命地想和智久說話。

廣瀨看著修一把智久的頭輕輕地捧在懷裡，說道：

「是你們改變了未來嗎？對了，核子彈的事情怎麼樣了？」

「目前還沒有更進一步的情報。可是，為了防止病毒擴散到全世界，還有大家對擁有『第三性別』的新生命體所產生的恐懼，國際間一定希望盡快把日本消滅吧。」

「為了以防萬一，立即下令準備攔截飛彈。還有，再向大家宣布一次，國王遊戲病毒的抗體就快要完成了！日本究竟會毀在人類的手上，還是國王遊戲的手上，目前還是未知數。但是，無論如何一定要阻止前者發生——」

站在廣瀨後面聽到這番對話的海平，臉部的表情變得扭曲又醜陋。

——票數呈現拉鋸戰？怎麼可能！為什麼會變這樣……

海平把手伸到後面的褲袋，掏出那把之前在反田高中音樂教室裡，用來殺死十幾名學生的匕首。

海平的臉看起來像魔鬼一樣猙獰，他的雙手緊緊握著匕首的把柄，朝正要把智久抱起來的修一衝了過去。海平整張臉漲得通紅，很明顯的，他已經瘋了。

15公分長的刀刃，因為反射聚光燈的光而閃閃發亮。

瞬間，室內突然傳出一聲可怕的槍響，然後周圍陷入一片安靜。

下一秒鐘，海平整個人倒臥在地上，胸口不斷流出大量的鮮血。

廣瀨的手上，正握著一把手槍。

「快壓制友香的行動！日村海平死了，她很有可能會做傻事！」

友香的眼神起了變化。她突然從椅子上站起來，殺氣騰騰地往智久的方向跑去。

——友香真的被洗腦了嗎？當她知道海平發生意外後，就會去殺智久嗎？

廣瀨對著尚未察覺友香舉動的修一，大聲喊道：

「修一，你要保護智久不受友香的攻擊！要是現在智久被殺死的話，抗體就會功虧一簣了！」

廣瀨把槍口對著友香。他先瞄準她的背部，然後是腳。可是最後還是沒有扣下扳機。

他扯著喉嚨，拚命地大喊：

「你一定要保護智久！修一！」

友香的舉動，看起來就像被海平附身一樣。她伸出雙手，往智久的脖子靠近。現在的智久，已經連將友香這樣的女生推開的力氣都沒有了。

修一站在友香面前，抱著她瘦小的身體，大聲說道：

「妳想做什麼，友香！妳想殺死自己的男朋友嗎？」

「放開我！我必須殺死工藤智久！放開我！」

「哇啊啊啊啊啊！」

修一把友香壓制在地，拼命抓著她不停掙扎的雙手。

「為什麼要這樣……就算被洗腦，也不該這樣啊……」

淚水在修一的眼眶裡打轉，然後滴落在吶喊著「殺死智久、殺死智久」的友香臉上。

就在這個瞬間——友香突然靜止不動了。她看著修一的臉，表情變得非常柔和。

「……我在做什麼？」

「友香？」

「我是個沒用的人。我是個……一無是處的木偶。」

因為修一不知道友香在說什麼，一時之間也不知道該如何回答她。

「呀啊啊啊啊啊！」友香發出尖銳刺耳的叫喊。

然後，一口咬斷自己的舌頭。

修一無法理解眼前所發生的一切。雖然大腦很努力地想拼湊出答案，可是他實在不能接受。時間和現實，出現了嚴重的扭曲。

眨了3次眼睛之後，修一好不容易才恢復清醒。他感覺到胸口好像被人狠狠揍了一拳般痛苦不堪。

「這是怎麼回事？海平，說啊！海平！你到底對友香做了什麼！」

倒在地上，用手摀著腹部中彈部位的海平，臉上露出痛苦的笑容，對修一說道：

「……你不是看到了嗎……只要有人傷害我……友香就會殺死智久……呵呵呵。」

海平虛弱的笑聲，在會議室裡迴盪著。

「廣瀨先生，你要殺死我嗎？不要殺我好嗎？」

廣瀨兩腳橫跨在海平的身上，槍口對準他的額頭。

「我無法答應你這個要求。」

「現在可是……正在進行……實況轉播喔……」

「我知道。」

廣瀨毫不猶豫地扣下扳機，子彈從海平的額頭貫穿而過，鮮血四散飛濺。

虛弱的智久撐起自己的身子，往友香的方向爬去，淚水不停地奪眶而出。

「……友香……友香……友香——！」

智久哀傷地吶喊著，嘴裡吐出鮮紅的血。

「回答我啊，友香……」說完最後一句話，智久終於閉上了眼睛。

「不會吧？」修一往智久的身邊靠過去，雖然他臉上帶著微笑，身體卻顫抖不已，讓他幾乎喘不過氣來。

「啊哈哈哈！我早就知道結局會是這樣！可是，這也太突然了吧？太突然了啦！喂、智久！起來！你快給我起來啊！」

智久的母親和那些等待施打抗體的高中生們，一起看著實況轉播。

——智久，對不起，媽媽不能在你身邊看著你死去，可是媽媽一定會盡量多救一些人！就像智久為了救人，不惜犧牲自己的生命一樣。

媽媽最後想跟你說的是，就算你的死是那麼偉大、就算你得到世人的讚揚、就算你的勇敢感動了世人的心……可是媽媽和爸爸還是不希望你這麼做，即使你用自己的生命拯救了這個世界。不過這一刻，媽媽還是以你為榮。

此刻，淚水像珍珠一般，從智久母親的臉頰滑落。

修一顧不得攝影機還在拍攝，不斷地痛哭吶喊著。那聲音彷彿永遠都不會消失一樣。

廣瀨握在手中的槍，掉到地上。

「抗體已經完成了。喂、杉山！馬上通知在南會議室等候的教授們，說抗體已經完成了！不要讓智久的努力白費！」

廣瀨從上衣的口袋裡取出手機，匆匆按了幾個鍵。

「是我。抗體完成了……沒錯，工藤智久已經死了。現在來了多少名高中生？好，立即通告各國，說抗體已經完成了。國王遊戲已經結束了。」

廣瀨瞥了一眼手錶，說道：

「沒有時間了，馬上準備施打抗體。時限就快到了，盡量給越多人施打越好！」

此時，會議室的大門突然打開，輔佐官憂心忡忡地跑進來，手裡還緊緊拿著一張A4大小的紙張。

「局長！投票結果出爐了！A是25萬6675票，B是25萬7899票。B以些微的差距領先A了。高中生們就要受到懲罰了。」

修一小心翼翼地抱起智久的屍體，像是在保護很重要的東西一樣。

我絕不會把你交給別人的——修一這麼大聲地吶喊著，之後又低頭對智久小聲地說話。究竟說了什麼，沒有人知道。

教授走到修一的身邊，安慰他道：

「我很瞭解你此刻沉痛的心情。可是……我們現在非常需要智久的身體。」

「麻煩你們了。這是智久的願望，他救了很多人。」

「是啊，他的確救了很多人，數量多到數也數不清——修一，你跟我們一起來吧。我們決定由你第一個施打抗體。我想，智久一定也會這麼希望吧。」

修一安靜地躺在會議室的簡易床上。教授先把注射器插進智久的手臂，將血液抽出後，迅速地將它放進離心機裡面。

「有了抗體之後，應該就可以阻止病毒繼續擴散了。」

教授邊說邊用針筒吸取離心機裡的血清，分別注入修一和葉月的手臂。

站在一旁的廣瀨，屏氣凝神地看著這一切。

教授在消毒修一的手臂時，這麼說道：

「智久救了這個世界。」

修一臉上沒有任何表情變化，彷彿是在說「這種事，不用你說我也知道」。

國會議事堂內，另一名少女也在排隊等著施打抗體。少女有著模特兒般的高挑身材，五官的輪廓也很立體。不過，大概是因為連續幾天穿同一件衣服的緣故，看起來有點髒兮兮的。

「藤原沙智，進來吧！」

少女拖著一個大大的紙袋，裡面裝了大約2億圓的現金。

「先把錢放下吧！」

「這是我的好朋友，冒著生命危險幫我籌到的，這些錢比任何東西都要珍貴……是這筆錢救了我。」

「終於得救了……我好怕……我……殺了自己的朋友……」旁邊另一名女生痛哭失聲地說道。

「已經沒事了。」醫生盡力地安撫她。

修一的眼淚不停地滑落。

「結束了。我們再也不需要你爭我奪，不需要擔心遭到恐怖的威脅了。我們……終於能夠恢復原來的生活了。」

修一擦乾眼淚，抬起頭說道：

「擁有想要守護的東西，雖然可以讓人變得堅強，卻也會讓人變得脆弱。」

此時會議室的大門被用力推開，秘書官池上走了進來。

「報告長官，六本木新城大廈的對策室傳來了消息。奈米女王……好像自行啟動，失去控制了。」

最終章

命令 7

6/14 [MON] AM 00:40

【6月14日（星期一）午夜0點40分】

廣瀨、杉山還有修一，三人在六本木新城住宅大廈的正面玄關前下了車。

六本木新城住宅大廈的特別對策室裡，增派了幾名人手，代替之前遭到螢的攻擊而喪命的調查員。大夥現在正埋首於破解奈米女王的程式。

修一小心翼翼地跟在廣瀨後面，胸前緊緊抱著那台螢在臨死之前，還捨不得鬆手的粉紅色筆記型電腦。

修一的眼睛一直盯著手中的那台筆電。

「破解奈米女王的作業，進行得怎麼樣了？」

廣瀨一踏進15樓的特別對策室裡，就對坐在電腦螢幕前的調查員這麼問道。

其中一名調查員抬起頭，向廣瀨報告：

「失控了，程式完全無法控制。我們已經無計可施了。」

「長官，您看。電腦螢幕上面還出現這樣的字幕。」

廣瀨朝調查員指的那台電腦螢幕走去。

「這是什麼……」

廣瀨一臉驚愕地說道。

螢幕上面不斷跑出相同的文字，把整個畫面都塞滿了。

【無法辨識國生螢的視網膜。無法辨識國生螢的視網膜。無法辨識國生螢的視網膜。】

「這是什麼意思？」

廣瀨抓著其中一名調查員的肩膀，這麼問道。

「我也不知道該怎麼向您報告。從今天午夜0點開始，螢幕上就一直出現這些字……」

調查員也是一籌莫展，說不出個理由。

——無法辨識國生螢的視網膜……是指眼睛嗎？她的眼睛有什麼嗎……？

廣瀨轉頭看著修一抱在胸前的那台粉紅色筆電。

「那台筆電，可以借我們一下嗎？」

廣瀨從修一手上接過筆電後，立即插上電源，按下啟動鍵。

全黑的螢幕上面，出現幾個冰冷的字眼。

【請輸入密碼】

廣瀨把手指放在鍵盤上，眼睛連看也不看，就開始喀噠喀噠地敲打起來。

【metsubou（滅亡）】

筆電內部的CPU發出開始運作的細微聲響。

「metsubou……這個字不是滅亡嗎？廣瀨先生，這是什麼意思？」

「沒什麼特別的意思。」

下一瞬間，全黑的畫面突然冒出大量的文字。

【無法辨識國生螢的視網膜。無法辨識國生螢的視網膜。無法辨識國生螢的視網膜……】

「這台也是嗎……」

廣瀨盯著筆電的螢幕，陷入一陣沉默。

突然，他發現不斷出現詭異文字的螢幕上方，有一個內藏的攝影機。

——視網膜……眼睛……每天……疼愛……辨識……

他閉上眼睛，用食指抵著眉間。

「難道是？」

廣瀨的視線完全被螢幕上的攝影機吸引住了。

「也許，奈米女王是透過這台攝影機，辨識國生螢的『眼睛』。也就是說，奈米女王每天透過這台攝影機，確認國生螢是否還活著。」

廣瀨轉頭看著調查員說道：

「製作這套程式的佐久間勇氣，把啟動奈米女王的密碼設定為【我最喜歡小螢了】。可是我們取得奈米女王之後，又更改了密碼，所以國生螢才無法啟動這套程式。

佐久間勇氣早就預料到會發生這種情況，也就是國生螢的奈米女王會被搶走。一旦真的發生這種情況，程式便會出現錯誤動作，展開不同的執行程式……簡單地說，當國生螢的人身安全出了問題時，例如死掉……或被人殺死，那麼，奈米女王就會對殺她的人……不、對全人類進行毀滅性的報復。原來，佐久間勇氣一直都在守護著國生螢啊！」

「長官，畫面完全變黑了！」

調查員大聲地說道。可是廣瀨依舊盯著螢幕上方的攝影機。

「到底是怎麼回事……」

「畫面又出現字幕了。」

原本已經變黑的螢幕，突然又開始一個字一個字地出現。對策室裡的所有人，全都屏氣凝神地盯著螢幕看。

最後一個字出現之後，畫面就這麼停止不動了。

「這到底是怎麼回事……」

廣瀨喃喃地說著。在場的每個人，全都一臉驚訝地看著螢幕上出現的命令。

【6／14星期一01：21　寄件者：國王　主旨：國王遊戲　本文：這是住在日本的所有高中生強制參加的國王遊戲。國王的命令必須絕對服從。※不允許中途棄權。※命令7：要永遠保持笑容。　END】

廣瀨盯著螢幕上的文字看了好一會兒，才又開口說道：

「國王遊戲的真實身分，是一種擁有自我意識的病毒。雖然透過佐久間勇氣所寫的奈米女王程式，人類可以控制病毒所下的命令，可是……很有可能無法控制病毒本身存在的『意識』。」

「您的意思是？」

「在此之前，我一直以為是靠著奈米女王，還有智久犧牲自己所製成的抗體，才得以戰勝凱爾德病毒，終結國王遊戲。

可是，事情好像並不是這麼單純。因為即使是奈米女王，也無法完全掌控這個病毒。是的……我指的就是無法掌控病毒的『意識』。所以應該說……是之前死去的所有人的意識，終結了這個病毒。這也就是為什麼最後的這道命令，會變成這個樣子。這是我的看法。」

這時候，廣瀨的手機響起了來電鈴聲。

「核子飛彈已經發射。其中一枚被友邦的攔截飛彈擊落了。這件事很可能會引起重大的國際糾紛，希望大家要嚴守這個秘密。」

「我知道——我想起來了，日村海平之前曾經喃喃自語：『這世上有沒有毀滅世界的咒語呢？』我猜，那個咒語應該就是——『滅亡』吧。」

修一喃喃地說道。

「國王遊戲結束了，可是，日本的重建之路卻是困難重重。我實在無法想像要花多少時間才能讓日本重新站起來。重建工作需要大家互相幫忙，而夠幫助大家從傷痛中重新站起來的，就是笑容了。所以，才要我們永遠保持笑容。」

【6月14日（星期一）凌晨3點3分】

在首相官邸5樓的總理會議室，現在已經變成了臨時的停屍間，收容這幾天以來在首相官邸內死去的高中生遺體。為了防止遺體腐敗的速度太快，室內冷氣還特地開到最強。

就在幾十分鐘前，醫療小組和大學研究班的人，還在會議室裡忙得不可開交，如今，這裡卻變得異常安靜，連一個人也沒有。

受懲罰而死的國生螢、犧牲自己的身體製造國王遊戲病毒抗體的工藤智久、為了保護智久而死的今村友香，以及殺死友香的日村海平，這四個人的遺體，都被脫去了衣服，整齊地並列在一起，臉上都覆蓋著白布。

月光從窗戶灑進這個漆黑的房間裡，照在這4個年輕人的遺體上。

這時候，原本應該沒有活人的房間裡，卻傳出了細微的聲響。聲音非常微弱，就連站在門外守衛的警官都沒有聽見。

沒過多久，那個聲音又再度響起，而且這次比剛才要來得清楚許多。那個聲音，似乎是從窗邊數過來第二具的遺體，也就是工藤智久身上傳出來的。

智久因為用自己的身體製造病毒，導致身體越來越虛弱，最後瘦得幾乎不成人形，體內的所有能量也被吸收殆盡。從遺體的外形看來，實在讓人無法想像，這個人生前是個活力充沛的高中男孩。

智久的皮膚變得白皙透明，就連血管也看不見。頭、手和腳……身上所有的毛髮全部脫落。更令人怵目驚心的是，他的十根手指頭失去了指甲。

那個模樣，看起來就像是剛從母親肚子裡誕生的小嬰兒……不、應該說是在母親肚子裡面備受保護，身體的器官和組織正在逐漸成形的胎兒。

也許是被冷氣的強風吹動吧，原本覆蓋在智久臉上的那塊白布，突然飛了起來。

月光下，智久的面容清晰可見。眉毛、睫毛、鬍鬚……一根毛髮都沒有。他的雙眼安詳地閉著，彷彿從來未曾睜開過一樣。

可是，那張臉卻完全不像智久生前的模樣。既不像男性，也不像女性，讓人難以判斷他的性別。勉強要說的話，應該是「中性」吧。

不、或許稱之為「第三性別」比較恰當。就像是全新誕生的物種一樣。

下一瞬間，智久遺體的雙眼突然睜了開來。

沒有一絲黑色的純白色眼珠，在眼眶裡左右來回地轉動著。就好像是剛誕生到這個世界的嬰兒，充滿好奇地想要認識自己所存在的世界，並且渴望瞭解自己的身分。

接著，他的右手從他的肩膀處脫落。

噗咚。

手臂就這樣滾落到地面上。

那隻右手臂，利用墜落的力量，順勢一直滾到放置友香遺體的那張床旁邊，才停了下來。

手臂微微地震動著，似乎想要爬到友香身旁。

漸漸的，手臂震動的力道越來越大。從動作看來，那隻手臂簡直就像是有自我意識的獨立生命體一樣。

那是新物種誕生在地球的時刻。也是地球即將邁入新一頁歷史的瞬間。

逆思流

國王遊戲〈滅亡6・11〉
（原名：王様ゲーム 滅亡6・11）

作者／金澤伸明
譯者／許嘉祥
發行人／黃鎮隆
總編輯／洪琇菁
責任編輯／路克
企劃宣傳／邱小祐・劉宜蓉
副總經理／陳君平
國際版權／黃令歡
美術編輯／李政儀
文字校對／許煒彤

出版／城邦文化事業股份有限公司 尖端出版
台北市中山區民生東路二段一四一號十樓
電話：（〇二）二五〇〇—七六〇〇
傳真：（〇二）二五〇〇—二六八三
E-mail：7novels@mail2.spp.com.tw

發行／英屬蓋曼群島商家庭傳媒股份有限公司城邦分公司
尖端出版 行銷業務部
台北市中山區民生東路二段一四一號十樓
電話：（〇二）二五〇〇—七六〇〇（代表號）
傳真：（〇二）二五〇〇—一九七九
讀者服務信箱：sandy@spp.com.tw

中彰投以北經銷（含宜花東）／楨彥有限公司
電話：（〇二）八九一九—三三六九
傳真：（〇二）八九一四—五五二四

雲嘉經銷／威信圖書有限公司 嘉義公司
電話：（〇五）二三三—三八五二　〇八〇〇—〇五五—三六五
傳真：（〇五）二三三—三八六三
客服專線：〇八〇〇—〇二八—〇二八

南部經銷／威信圖書有限公司 高雄公司
電話：（〇七）三七三—〇〇七九
傳真：（〇七）三七三—〇〇八七

香港總經銷／城邦（香港）出版集團有限公司
香港灣仔駱克道一九三號東超商業中心一樓
電話：（八五二）二五〇八—六二三一
傳真：（八五二）二五七八—九三三七
E-mail：hkcite@biznetvigator.com

法律顧問／王子文律師 元禾法律事務所
台北市羅斯福路三段三十七號十五樓

二〇一二年十月一版一刷
二〇一七年十二月一版十四刷

■中文版■

郵購注意事項：
1. 填妥劃撥單資料：帳號：50003021戶名：英屬蓋曼群島商家庭傳媒(股)公司城邦分公司。2. 通信欄內註明訂購書名與冊數。3. 劃撥金額低於500元，請加附掛號郵資50元。如劃撥日起 10～14日，仍未收到書時，請洽劃撥組。劃撥專線TEL：(03) 312-4212 ・ FAX：(03) 322-4621。E-mail：marketing@spp.com.tw

國家圖書館出版品預行編目資料

國王遊戲 滅亡6.11 / 金澤伸明著；許嘉祥譯.
— 1版. — 臺北市：尖端出版，2012.10
面；公分. —（逆思流）
譯自：王様ゲーム 滅亡6.11
ISBN 978-957-10-4978-6（平裝）

861.57　　101012682